KB048675

눈
동
자

눈동자

초판 1쇄 2019년 3월 31일

글쓴이 | 박상률
펴낸곳 | 도서출판 단비
펴낸이 | 김준연
편　집 | 최유정
등　록 | 2003년 3월 24일(제2012-000149호)
주　소 | 경기도 고양시 일산서구 일중로 30, 505동 404호(일산동, 산들마을)
전　화 | 02-322-0268
팩　스 | 02-322-0271
전자우편 | rainwelcome@hanmail.net

ISBN 979-11-6350-014-8　43810
ISBN 978-89-967987-4-3　(세트)

값 11,000원

이 도서의 국립중앙도서관 출판예정도서목록(CIP)은 서지정보유통지원시스템 홈페이지(http://seoji.nl.go.kr)와 국가자료종합목록시스템(http://www.nl.go.kr/kolisnet)에서 이용하실 수 있습니다.(CIP제어번호 : CIP2019011395)

눈동자

박상률 소설집

단비
danbi

차 례

아직 잠이 덜 깬 눈으로 아침 신문을 보고 있었다. 무심코 눈길을 준 사진에 나도 모르게 눈이 화들짝 크게 떠졌다. 눈을 비비며 다시 들여다보았다. 낯익은 얼굴이었다. 졸린 눈을 깜빡거리며 사진 아래 설명을 읽었다.

  어머니 주은순 씨가

  딸의 옷가지 등을 받아 든 채

  울부짖고 있다.

'주은순?'

사진으로는 옆얼굴만 보였지만 낯설지 않았다. 게다가 이름은 더더욱…. '주은순'이라는 이름을 입안에서 천천히 되뇌었다. 사진을 다시 들여다보았다. 아까보다 더 자세히 살펴보았다. 내가 아는 주은순인 것 같기도 하고, 아닌 것 같기도 했다.

'30년도 더 되었지, 아마….'

사진 아래에 이어진 기사를 대충 읽었다.

경기도 안산을 떠나 인천에서 '세월호'라는 배를 타고 제주도로 수학여행 가던 고등학생들이 단체로 목숨을 잃었다. 세월호가 진도 근처의 바닷물 속에 가라앉았기 때문이다. 죽거나 실종된 사람은 300명이 넘는데, 그 가운데 안산의 고등학생들이 대부분을 차지했다. 그 와중에서도 선장은 탈출했다고 하는데….

더 읽고 싶지 않았다. 그런데 '세월호'라는 배 이름은 생각할수록 얄궂었다. 휴! 긴 한숨이 나왔다.

'주은순'은 딸의 옷가지를 받은 엄마라고 한다. 그렇다면? 주은순의 딸도 죽었다는 얘기인가? 잠은 벌써 멀리 달아났다.

'주은순이라…. 아무래도 옛날 그 주은순이 맞는 것 같은데….'

신문을 팽개치듯 옆으로 내던진 채 나는 30년도 더 넘은 '세월' 저쪽을 더듬었다.

"팽목항 가나요?"

버스 앞 유리에 '진도 → 팽목'이라고 쓰인 종이가 붙어 있는 것을 보고 차에 올랐지만, 검표를 하는 남자 차장에게 다시 확인했다. 무의식적으로, 돌다리도 두들겨 보고 건너라는 말이 떠올랐는지도 모르겠다. 어쩌면 내가 도시에서 학교를 다니는 동안 가족들이 팽목항 가까운 면 소재지로 이사를 간 까닭에 그쪽 지리가 낯설어서 그랬는지도 모른다. 부모님은 평생 농사일로 잔뼈가 굵었지만 아버지가 허리를 다친 이후로는 농사를 지을 수 없게 되었다. 그래서 장사를 하기 위해 장터 가까운 곳을 찾다가 그곳으로 이사를 가서 구멍가게를 내셨다.

내 속사정과는 아랑곳없이 차장은 대답 대신 고개만 가볍게 끄덕였다. 내가 고등학교를 다니고 있는 도시의 시내버스 차장은 다들 여자다. 그런데 진도 군내버스 차장은 남자였다. 고향에서 중학교를 다니던 두어 해 전엔 아무렇지도 않았던 사실이 새삼 낯설게 느껴졌다.

차장은 내가 건넨 표를 북 찢은 뒤 승객용이라고 씌어진 부분을 돌려주었다. 아무런 감정도 보이지 않은, 그야말로 기계적인 손놀림이었다. 나는 차장 곁을 지나 빈자리를 찾아 앉았다. 빈자리가 많은 걸로 보아 오늘은 장날이 아닌가 보다. 새삼 날짜를 떠올려 보았다. 진도읍에 오일장이 서는 날이 아니었다.

자리에 앉은 지 제법 되었는데도 차는 좀체 떠나지 않았다. 차표를 끊을 때 대합실 벽에 붙은 시간표를 보아 두었기에 차가 떠날 시간을 알고 있다. 차는 떠날 시간이 한참 지났는데도 꿈쩍하지 않았다. 시골 버스는 운전수 마음일 테지…. 한참 더 지나고 나서야 운전수가 자리에 와서 앉았다. 이제 떠나려나 보다, 생각했다. 차장이 손목시계를 들여다보았다. 그때 한 무리의 여고생들이 왁자지껄 떠들면서 차에 올라왔다.

"하이고, 하마터면 집에 가는 차 못 탈 뻔했네."

"버스 떠나 부렀으믄 걸어갈 뻔했는디. 우릴 기다리고 있었구만."

"걸어가도 오늘 안에는 들어가!"

여고생들이 떠드는 말에 차장이 대꾸하듯 한마디 했다.

"자, 자, 그만 떠들고 자리에 가서 앉더라고잉. 떠날 시간 폴쎄

지났는디, 여고 학생들이 아즉 안 와서 기다렸구만!"

"으메, 고마운 거. 방학한다고 담임선생님 종업식 잔소리가 길어서 그랬제."

여고생 가운데 한 명이 애써 고마움을 표했다. 이어 자기네들 사정을 알리는 듯 차장의 말에 대꾸했다.

나는 며칠 전 방학해서 지금 고향 집에 가는데, 여기 학교는 오늘 방학을 하는 모양이었다. 여고생들과 차장은 서로 잘 아는 사이인지 몇 차례 더 말이 오갔다. 나는 눈을 감고 있으면서 차가 제시간에 떠나지 않고 기다린 이유를 귀로 듣고 알았다.

부스럭거리는 소리가 나는가 싶더니 내 옆자리에 여학생 하나가 와서 앉았다. 가만히 눈을 떴다. 조금 전에 헐레벌떡 차에 오른 여고생 가운데 한 사람이었다. 하얀 블라우스에 까만 치마 교복 차림새였다.

갑자기 가슴이 두근거렸다. 도청 소재지인 도시에서 고등학교를 다니고 있어 방학 때마다 고향에 다녀간다. 그때마다 내 사는 도청 소재지에서 진도읍까지 시외버스를 서너 시간 탄다. 그리고 읍에서 군내버스로 갈아탄다. 그런데 시외버스를 타든 군내버스를 타든 한 번도 옆자리에 여고생이 앉은 적이 없다. 여고생은커녕 아가씨도 앉은 적이 없다. 내 옆자리는 줄곧 술 냄새 풍기는 아저씨나 아기 안은 아주머니, 아니면 찌든 담배 냄새 나는 할아버지나 이빨 없는 볼을 오물거리는 할머니 차지였다. 나도 그러는 걸 당연하게 여겨, 이제는 으레 그러려니 한다. 그런데 오늘은 여고생이 바로 옆에 앉았다! 내 가슴이 뛰는 것도 무리는 아니다. 난 애써 두근거리는 가슴을 가라앉혔다. 옆자리 여고생에게 행여라도 들킬세라….

마침내 버스가 '부릉, 부르릉' 시동을 걸었다.

버스 시동 거는 소리에 맞추기라도 한 듯 옆에 앉은 여고생이 공책을 꺼냈다. 나는 곁눈질로 공책을 들여다보았다. 여고생이 공책 사이에 접힌 채 끼어 있는 방학 숙제 목록을 꺼내더니 탈탈 턴 다음 들여다보았다. 굳이 가자미눈을 하지 않아도 잘 보였다.

방학 중 중간 등교 일에 풀 가지고 와서 퇴비 증산하기

국어 교과서에 있는 시 정서하고 외우기

노인들이 늘 들먹이는 속담 100개와 마을 사람들이 잘 부르는

노래 알아 오기

우리 고장 특산물 알아 오기

얼핏 보니 대충 이런 내용이었다. 내가 다니는 도시 고등학교에서 내 주는 방학 숙제와는 상당히 달랐다. 그야말로 농촌다운 숙제라고나 할까?

'국어 교과서에 있는 시 정서하고 외우기' 정도만이 여느 학교에서나 다 내 줄 수 있는 숙제이리라. 하지만 나는 그런 숙제조차 받지 않았다. 방학 중에도 학교에 나가 보충수업을 받아야 하기에 따로 방학 숙제를 안 내 준다. 아마도 여기 여고는 보충수업을 안 하는 모양이었다. 무엇보다도 학교 국어 선생님이 좀 특이한 분인 것 같기도 했다.

여고생은 숙제 목록을 찬찬히 뜯어보는가 싶더니 입에 힘을 주며 입술을 삐쭉하고서 공책 속에 목록을 다시 끼워 넣었다.

나는 뭔가 한마디 해야 할 것 같아 입술을 달싹거렸다. 말은 나오지 않고 입술만 타는 것 같았다. 그만큼 조바심이 났다는 증거일 터. 뭔가 말을 해야 한다면 일단은 숙제와 관련한 것이어야 할 것이다. 나는 간신히 입을 열었다,

"오늘 방학한 모양이죠?"

나도 모르게 경어 투의 존댓말이 나왔다. 같은 또래인 성싶었지만 처음 보는 여학생한테 해라 투의 반말을 쓸 수가 없었다.

"촌 학교라 방학이 쪼깐 늦었제. 하긴 방학 일찍 해 봐야 다들 집에서 일이나 해야 하는 꼬라지제… 차라리 방학 같은 것 없었으믄 좋겄어."

여고생은 묻지도 않은 말을 해 댔다. 괜히 내가 무안해졌다.

"광주서 학교 댕기는 모양이제? 거그도 방학해 갖고 집에 오는 모양이여?"

조심스럽게 도시 말투로 물은 나와 달리 여고생은 거침없이 진도말로 대꾸를 했다. 처음 보고, 처음 말을 나누는 처지이지만 아무런 거리낌이 없었다.

건너편 자리에 앉은 여고생의 친구가 흘낏 쳐다보는 게 느껴졌다. 나는 뭔가 대답할 거리를 찾았다. 여기서 말문이 막히면 안 될 것 같았다.

"아까 본께 뭔 시를 외우라는 숙제가 있는 것 같은디…."

여고생의 거침없는 말투가 나를 무장해제시켰는지 나도 모르게 진도말이 자연스럽게 써졌다. 진도말을 쓰니 무엇보다도 말을 올려야 할지 내려야 할지를 걱정하지 않아도 되어 좋았다.

지금까지는 잘 몰랐는데 격식을 갖춘 도시말보다는 진도말이 훨씬 더 정겨웠다. 사실 재작년 중학교 다닐 때까지 입에 착착 붙어 있던 말이었다.

"우리 국어 선생님이 쪼깐 괴짜여서 그런 숙제를 내 주었는디, 안 해도 그만이제. 누가 그런 숙제를 하간디. 다들 농사일 거들기도 바쁜디…. 선생님도 우덜이 숙제 해 갖고 올 거라 생각하고 그런 숙제 내 준 것 아닐 틴께 걱정 한나도 안 해도 되제."

여고생은 조금도 주저하는 낯빛 없이 시 쓰고 외우는 숙제는 안 해도 된다고 말하였다. 뜻밖이었다.

"퇴비 증산만 잘하믄 그만이여!"

"퇴비 증산?"

"아, 풀 베어 갖고 가는 것 말이여. 진도가 집이믄 다 알 것인디…."

여고생은 덤덤하게 말했다. 그제야 중학교 때 방학 숙제로 풀을 베어다가 학교에 냈던 기억이 났다. 학교 안에 실습장이라는 농장이 있어서 학생들이 가져온 풀을 썩혀 퇴비로 썼다. 도시 고등학교에 진학한 뒤로는 여름 방학 때 풀 베는 숙제를 두어 해 하지 않았다. 그래서인지 이제는 낯선, 오랫동안 잊고 있던 일처럼 느껴졌다.

나는 중학교 때 퇴비용으로 풀 베어 내는 숙제를 무척 싫어했다. 나는 언제나 양이 미달이었다. 그래서 풀을 실은 손수레를 검사하던 선생님이나 선배한테 지청구를 듣던 기억이 떠올라 한마디 얹었다.

"고등학생은 풀도 더 많이 낼 것인디?"

"내는 시늉만 하믄 되제."

"선생님들이 까탈시럽게 굴믄 으짤라고?"

"우리 반 선생님은 1등 같은 것 신경 안 쓰께 괜찮어! 고런 것도 1등을 해야 직성이 풀리는 다른 반 선생님 같으믄 닦달할 것인디…."

여고생은 거침이 없었다. 활달하다고 해야 더 맞는 말이리라. 무슨 말을 하든 걱정스러운 말투가 아니었다. 시원시원했다. 내가 도리어 걱정되었다. 하지만 이내 곧 나도 여고생의 말투에 휩쓸려 들어가 편하게 이야기를 나누게 되었다.

여고생의 이름은 '주은순'이었다. 짐작한 대로 나와 같은 학년이었다. 내가 내려야 하는 면 소재지가 나타나기 직전 마을에서 은순이는 내렸다.

이번 방학의 최대 수확은 은순이를 알게 된 것이었다. 학교에선 방학 내내 보충수업을 하기에 온전한 방학이라야 며칠 되지도 않았다. 방학 초기엔 부모님이 하시는 가게 일을 도우며 조용히 지냈다. 하지만 남은 방학 기간 동안 나는 은순이를 만나는 재미로 주말마다 고향집에 갔다. 은순이는 주로 읍내의 중국집에서 만났다. 어느 날엔가는 상당히 늦게 약속 장소에 도착했다. 은순이한테 연락할 방법이 없어 애가 탔다. 그 사이 은순이가 가 버렸으면 어떡하나 싶어서였다. 그런데 은순이는 중국집에서 기다리고 있었다.

　"음마, 차가 오다가 빵꼬 난 것이여?"

　"바퀴는 괜찮았는데 다른 데가 고장이 났어…."

　"차부에 알어본께 광주 차가 아직 안 왔다 허더라고. 그래서 고장인가 부다 짐작은 했어."

　"승객들 다 내려서 밀고 그랬제."

　"너도 밀었어?"

　"나도 같이 밀었제."

　"니가 쓸 힘이 어디 있어서?"

　"나, 이래 봬도 지게질까지 한 몸이야!"

그러면서 짐짓 나는 어깨에 힘을 주며 고개를 돌렸다. 은순이는 그러는 나를 귀엽다는 듯이 쳐다보았다.

그해 여름 내내 주말마다 은순이를 만나는 재미가 쏠쏠했다. 그런데 3학년이 된 뒤론 그만 연락이 끊어지고 말았다.

은순이가 사는 동네를 알기에 은순이를 찾으려면 못 찾을 것도 없었다. 하지만 내가 고등학교 3학년이 될 무렵 동생들도 내가 있는 도시로 하나둘씩 진학을 하였다. 나는 먼저 도시에 정착한 맏이로서 동생들 뒷바라지를 해야 했다. 형제들과 함께 정신없이 보내다 보니 은순이를 찾을 엄두를 못 내고 말았다. 핑계인 것 같지만 사실이기도 하다. 그러는 사이 나는 대학생이 되고 말았고, 은순이는 옛날의 고향 친구로 자연스레 기억 한켠으로 밀려나고 말았다.

어렴풋이 들은 소문에 따르면 은순이는 고향에서 고등학교를 마치자마자 서울 근교 어느 공단으로 취직이 되어 떠났다고 한다. 나랑 만날 때에도 은순이는 대학 진학을 할 생각이 없었다. 그리고 그뿐이었다. 은순이도 나도 서로를 찾을 엄두를 내지 못했다. 나는 빛바랜 사진 속 인물처럼 가끔씩 은순이 모습을 떠올렸을 뿐이었다.

대학을 마치고 취직을 한 뒤 고향 집에 갔다. 예전에 군내버스를 탔을 때처럼 버스 안을 둘러보았으나 은순이는 보이지 않았다. 사실, 은순이가 그 버스를 탈 이유가 없었다. 하지만 나는 고등학생 시절 그 버스에서 은순이를 만났던 게 떠올라 괜스레 혼자 얼굴이 화끈거리는 걸 느꼈다.

취직을 하여 첫 월급도 탔으니까 은순이를 만나면 밥이라도 한 끼 먹을 생각이었다. 하지만 은순이는 버스 안은 물론 버스 차부 어디에도 없었다. 이제 교복이 아닌 사복을 입었을 은순이를 떠올리며 은순이 모습을 그려 보았지만 사복 입은 은순이 모습이 잘 그려지지 않았다. 하교 시간이 아니어선지 옛날 은순이 차림의 여고생 모습조차도 보이지 않았다. 들은 소문대로 은순이는 서울 근교의 공단도시로 떠난 모양이었다.

월급이라야 얼마 되지 않지만, 그동안 부모님께 타서 쓰다가 목돈이 내 손에 들어온 게 너무나 신기했다. 첫 월급은 부모님 내의를 사야 한다기에 나도 그렇게 하였다. 어머니 것은 빨간 내의를 샀고, 아버지 몫으로는 노란 누비 내복을 샀다.

다음 날 점심, 나는 바다가 보이는 곳에 가서 외식을 하자고 하였다. 어머니는 나가서 식사를 하는 걸 좋아하지 않으신다며 손을 내저었다.

"이 촌구석에서 나가 봐야 먹을 게 뭐 있다냐? 돈 축내지 말고 집에서 한 끼 먹으믄 그만이제."

"그래도 제가 첫 월급을 받았잖아요. 이런 때 아니면 제가 언제 부모님 모시고 나가서 식사를 대접하겠어요. 그러니까 가까운 바닷가라도 가서 먹읍시다!"

자식 이기는 부모 없다는 말이 맞기는 맞는 모양이었다. 부모님도 내 간청에 못 이겨 나가서 점심 식사를 하기로 했다.

아버지가 나를 거들고 나섰다.

"그라믄 팽목항에 가서 묵자. 내가 몇 번 가 본 집인디 바다 괴기를 팔어. 싱싱해서 먹을 만허더라."

점심은 아버지가 가 본 적이 있는 식당에 가서 먹기로 하고 우리는 팽목항으로 가기로 했다.

팽목항은 말이 항구이지, 근처의 작은 섬들을 오가는 연락선이 들어오는 시간에 맞춰 하루에 버스만 겨우 몇 번 들락거리는 곳이다.

그 순간 '진도 → 팽목'이라는 행선지 표지를 앞 유리에 달고 있던 버스가 떠올랐다. 그 버스에서 은순이를 만났으니까.

'은순이는 지금 어떻게 살고 있을까? 취직해서 서울 근처에 사는 모양이던데…'

나는 잠시 은순이의 지금 모습을 상상해 보았다. 하지만 옛날, 하얀 블라우스에 검은 치마를 입은 여고생의 모습만 떠오를 뿐이었다.

'많이 변했겠지…'

그러나 은순이만 계속 생각하고 있을 수는 없었다. 아버지가 집을 나설 것을 재촉하셨기 때문이다.

"점심 묵으러 갈거든 어서 가자. 그 식당이 문 열었을지 모르겄다."

"당신은 별 걱정을 다 하시우. 식당이야 점심때 맞추어 문 열었겠지라…"

어머니는 식당도 돈 벌려면 끼니때 맞춰 문 열 거라 하셨다.

우리 세 사람은 마침 면사무소 앞 삼거리를 지나가는 팽목행 버스를 탔다.

면 소재지 마을을 벗어나자마자 길가의 논에서 개구리들이 우는 소리가 버스 안으로까지 제법 시끄럽게 들렸다. 가로수에는 파릇파릇한 물이 오르고 있었다.

잠시 후 아버지가 말씀하신 식당에 이르렀다. 문은 열려 있는데 사람이 없었다. 마당 한쪽에 있는 헛간 같은 데서 노란 개한 마리가 어슬렁어슬렁 기어 나왔다. 개는 우리를 보고도 짖지 않았다. 사람 손을 많이 탄 식당 개다웠다. 그렇다고 개에게 사정을 물어볼 수는 없어 나는 집 뒤쪽까지 살펴보았다. 아무도 없었다. 다시 집 앞으로 오니 아주머니 한 분이 마당을 들어서고 있었다. 아주머니 뒤에 아까 본 개도 있었다. 그새 개가 아주머니한테 뛰어갔다 온 모양이다. 아주머니가 우리 일행을 보고 물었다.

"점심 먹을라고 그러요?"

"점심 식사 되지요?"

나는 당연한 말을 물어보았다.

"밥이야 시방 준비하믄 되제만, 몇 명이나 잡술라고 그러요?"

"세 사람요."

별걸 다 묻는다 싶었지만 식당 주인의 의례적인 물음이라 여겼다.

"우리 상은 기본이 네 사람인디…"

"그냥 세 사람이 먹게 차려 주세요."

"세 사람이 먹기엔 많아요. 음식 냄길 필요 읎은께 다른 집으로 가셔야겠소."

어이없는 말이었다.

"쩌그 가까운 디 야트막한 고개 한나만 넘으믄 장어탕집이 있은께 글로 가야 쓰겠소. 거그서는 일 인분씩 판께 세 사람이 먹을 수 있을 것이요. 글로 가 보쇼."

나는 부모님을 모시고 다시 식당을 찾아 나서기도 뭐해 아주머니를 졸랐다.

"그냥 차려 주시면 알아서 먹을게요! 아버지가 이 집 음식이 맛있다고 해서 왔어요…."

아주머니의 고집도 어지간했다.

"우리 집 음식이야 맛있다고 호가 났지라우. 허지만 셋이 먹기엔 많단께요. 나는 시방 논에 물 잡다가 왔은께 얼른 논에 다시 가 봐야겠소. 물꼬 봐야된께 여그서 이러고 있을 시간 없소. 시장허신 모냥인디, 얼른 쩌그 장어탕 하는 식당으로 가 보쇼."

하는 수 없이 부모님을 다시 모시고 식당 마당을 돌아 나와 장어탕집으로 갔다. 미꾸라지를 갈아 추어탕 만들 듯이 장어를 갈아 추어탕처럼 끓여 내는 집이었다. 맛이 괜찮았다. 어머니도 아버지도 아주 맛있게 드셨다.

팽목항.

은순이를 떠올리게 하는 팽목이라는 말. 앞으로는 어쩌면 장어탕집도 같이 떠올리게 될 듯하였다. 그만큼 장어탕집 음식이 괜찮았다. 또 논에 물 잡다가 왔다면서 다른 식당으로 가라고 하던 아주머니를 떠올릴 것 같은 예감이 들었다. 자기 집 음식은 셋이 먹기엔 너무 많다며 손사래를 치던 아주머니….

그날 이후 내게 팽목항은 은순이보다는 그날 경험한 두 식당 풍경으로 남았다. 그런데 은순이를 신문에서 보게 될 줄이야….

나는 신문의 사진 설명을 눈여겨 되짚어 보았다. 다시 보아도 사진 인물의 이름은 '주은순'이었고, 딸이 주검으로 발견되었는데, 딸의 옷가지 등을 보고 실신했다고 씌어져 있었다. 사진은 주은순의 앞모습은 흐릿하였고 뒷모습은 크게 나왔다. 얼른 보아 얼굴을 확인하기는 어려웠다. 하지만 나는 직감적으로 알 수 있었다. 이 사진 속의 '주은순'이 그 옛날 팽목행 버스 속에서 만났던 주은순이라고.

은순이는 진도에서 고등학교를 마치자마자 서울 근처의 공단으로 가서 취직했다고 들었다. 안산, 안산이라면 공단이 많은 지역이다.

진도에서 고등학교를 마친 은순이는 공단이 많은 안산으로 가서 취직했으리라. 혼기가 찼을 때 그 회사에 다니던 남자와 결혼해서 자식 낳고 사는데, 이번에 고등학생 딸이 수학여행 가다가 참변을 당한 모양이다. 거기까지 내 머리는 저절로 돌았다. 은순이 딸이 죽은 게 틀림없다. 그렇다면….

나는 인터넷을 뒤져 보았다. 엊그제 안산을 떠나 제주로 수학여행 가던 고등학생들이 탄 배가 진도 앞바다에서 침몰하였다는 기사가 속보로 연속 떴다. 배가 바닷물 속에 가라앉아 많은 사람이 죽었다는 건 알고 있었다. 하지만 나는 그동안 일부러 그 기사를 안 보려고 애써 외면하였다.

젊은 시절 광주에서 학살이 있을 때 현장에 있었기 때문에 그 뒤로 오랫동안, 거의 20년 이상이나 그때 일에 시달려야 했기 때문이다. 이름하여 '외상 후 스트레스 장애'. 그랬기에 다시 이번 일로 시달릴까 봐 겁이 몹시 나서, 애써 외면하였던 것이다. 그런데 낯설지 않은 이름이 신문에 났으니….

더구나 이번에 가라앉은 배는 고향 진도 근처를 지나고 있었다. 팽목항에서 그리 멀지 않은 곳이었다. 그게 내가 더 외면한 이유였다. 고향 일이니까 더욱 고향과 연관시키고 싶지 않은 속내를 가지고 있었는지 모른다. 한편으론 인천에서 출발한 배였기 때문에 아는 사람이 탔을 리가 없을 거라고 막연하게 추측하며 안도하고 싶었는지도 모른다. 그래서 굳이 더 외면하고 싶었는지도 모른다.

인터넷에서 기사를 읽어 내려가다 보니 화가 치밀었다. 처음엔 학생들을 전원 구조하고 있다는 기사가 나갔단다. 그런데 사실은 그 기사가 나가는 동안에도 구조할 위치에 있는 기관 사람들은 모두 손을 놓고 팔짱만 끼고 있었단다. 구조할 생각이 애초에 없었다니… 기사에 댓글을 달거나 인터뷰에 응한 많은 사람들이 그 대목에서 분개했다. 도대체 정부는 왜 있는 것이냐고? 국민들이 사고를 당했는데도 남의 일처럼 여기고 손 놓고 있었던 거냐고?

한두 사람이 억울하게 죽어도 문제일 터인데, 수백 명이 죽고 실종되었다니, 이게 대명천지에 있을 수 있는 일일까? 나는 고개를 갸웃거렸다. 그러나 내가 할 수 있는 일은 없었다. 주먹을 불끈 쥐고 분노만 할 뿐. 하도 어이없는 일이라 말도 나오지 않왔다. 어찌해야 하나?

전화가 울렸다.

'이 아침에 누구지?'

나는 내키지 않았지만 수화기를 들었다.

"아범이냐?"

뜻밖에도 어머니였다.

"어머니, 아침부터 무슨 일이세요?"

나는 어머니가 아침에 전화를 했다는 게 몹시 불길하여 본론을 바로 물었다. 어머니도 앞뒤 없이 바로 대답하셨다.

"이번 아버지 기일 때 고향에 내려올 생각 당최 하지 말그라!"

"예? 왜요?"

나는 의아한 마음에 되물었다.

"지금 진도는 난리도 아녀. 뭔 배가 팽목 바다에 가라앉아 부렀디야. 그래 갖고 사람이 허빡 죽었는갑서. 그래서 여그 사람들은 큰 소리도 못 내고, 괴기잡이도 못 하고, 여그 놀러 오는 사람도 읎어. 그란께 너도 아버지 기일이라고 내려오지 말그라."

"그렇다고 아버지 기일을 모른 체하면 된다요? 그날 내려가요."

"괜히 집에 왔다가 팽목이라도 가믄 으찌께 되겄냐? 너 학교 댕길 때 광주서 난리 나갖고 그 뒤로 오랫동안 고상했담시롱?"

나는 어머니를 안심시키기 위해 애써 무덤덤하게 말했다.

"팽목 바다에 가라앉은 배랑 광주하곤 좀 다르지요."

하지만 어머니는 물러서지 않았다.

"그것이 그것이제 뭐가 다르다냐. 그때도 사람 오갈 수도 없었는디, 지금도 마찬가지여. 지금이 더하제. 진도는 다리만 막으믄 아무도 오가들 못해. 그라고 여그 사는 사람들도 무슨 소리도 하믄 안 된디야. 그냥 가만히 있으란다. 그란께 너도 아버지 기일 날 오지 말고 나중에 시상 조용해지믄 그때 오그라."

"세상이 조용해질 날이 언제 오겠어요. 그냥 이참에 갈게요."

"니가 안 와도 느그 아부지는 이해하실 거다. 너 첫 월급 탔다고 팽목 가서 점심 사 묵고 그랬는디, 느그 아부지도 시방 거그 있는지 모르제. 거그서 난리가 났는디, 안 가 보겄냐. 그란께 니는 당최 내려올 생각 말고 가만히 있그라."

어머니는 자꾸만 서울 집에 '가만히 있으라' 하면서 아버지 제삿날에 고향에 내려오지 말라고 하셨다. 그러면서 어머니는 아버지가 지금 팽목항에 가 있을 테니까, 나는 안 와도 된다고 하셨다. 억지소리 같지만, 어머니의 논리는 내가 첫 월급 탔을 때 팽목항에 가서 점심을 먹었는데 거기서 사고가 났으니 아버지도 아마 거기 가 계실 거란다.

'가만히 있으라.'

요상한 의미로 들렸다. 수학여행 가던 아이들한테도 배 선실에 '가만히 있으라' 했단다. 그 사이 선장이랑은 배에서 다 빠져나가고, 바다 경찰도 아이들을 구해 줄 생각을 하지 않았단다. 그런데 지금 어머니가 나보고도 '가만히 있으라' 하신다. 과연 가만히 있어야 하는지. 나는 판단이 서지 않았다.

어머니의 바람과는 달리 가만히 있으면 안 될 것 같았다. 그렇잖아도 아버지 제삿날을 맞아 고향집에 가면 팽목항을 가 볼 참이었다. 이런 내 마음을 마치 읽기라도 한 것처럼 어머니는 고향에 올 생각 말고 서울에 가만히 있으라 하셨다.

어머니가 걱정하시는 바를 모르는 건 아니었다. 1980년 5.18 광주 때도 광주에서 학교를 다니고 있었기에 나중에 얼마나 오랫동안 후유증을 앓았던가. 어머니는 이번 일에서도 그게 느껴지는 모양이었다. 혹여 아들이 팽목항에라도 가서 바다에서 죽은 학생들 주검이라도 보면 죽을 때까지 후유증에 또 시달릴까 봐 걱정하시는 거였다. 그래서 얼토당토않게 이 세상 사람이 아닌 아버지까지 들먹이시면서 아버지가 내 대신 팽목항에 가 계실 거라 우기시는지 몰랐다.

그렇다 하더라도 가만히 있으면 안 될 것 같았다. 당장 팽목항에 못 가 보더라도 최소한 아이들을 추모하는 데는 가 봐야 할 것 같았다. 그러자면 아이들 학교가 있는 안산에 마련된 추모공원을 가야 한다.

나는 안산에 가기 전에 인터넷에서 더 많은 정보를 얻기로 했다. 정보라야 별것 있겠는가. 하지만 나는 여기저기를 뒤지고 다니며 기사를 한 줄이라도 더 읽으려고 애썼다. 다들 구조를 안 한 이유가 뭔지 모르겠다는 기사가 많았고, 지금은 현지 바다에 풍랑이 일어 수색에 어려움이 많다는 얘기였다.

안산에 마련된 추모공원에 갔다. 1980년 5.18 광주 때는 피멍이 든 주검이 여기저기 널려 있었다. 안산 추모공원에는 국화꽃에 둘러싸인 영정 사진이 마치 사열식이라도 하듯 늘어서 있어서, 수백 개의 눈동자가 한꺼번에 내 눈 속으로 들어왔다.

'세상에!'

나도 모르게 입에서 한숨이 흘러나왔다. 어이없었다. 다들 앳

된 얼굴을 하고 있었다. 그런데 교복을 입은 영정 사진이라니….

웃는 모습, 제법 근엄한 표정을 지은 모습, 입술을 꽉 다문 모습 등 사진 속 아이들 모습은 가지가지였다. 그러나 어느 얼굴도 비극을 담고 있지는 않았다. 그렇게 보였다. 사진 속 아이들은 살아 있었다!

나는 엄청나게 큰 추모판 앞을 망연자실하여 바라보다가 문득 한 사진 앞으로 갔다. 순간적으로 어디선가 본, 낯익은 얼굴이 내 눈에 들어왔기 때문이다. 나는 한 여학생 사진 앞에 다가갔다.

야무지게 다문 입술, 눈웃음 짓는 듯한 표정, 보일 듯 말 듯 하는 보조개, 교복 차림의 단정한 모습….

그 영정 사진을 한참이나 바라보았다. 아주 익숙한 얼굴이었다.

'어디서 봤더라?'

내 머릿속을 한참 뒤져 봐도 생각이 나지 않았다. 그때였다. 추모판 한쪽에서 까만 치마저고리를 입은 아주머니가 아들인 듯한 청년의 부축을 받으며 나타났다. 청년 역시 까만 옷을 입고 있었다.

아주머니는 두 손으로 사진 속의 얼굴을 만지다가 뭐라고 소리를 지르며 울부짖곤 했다. 다른 소리는 흐느끼는 소리에 묻혀 잘 알아들을 수 없었지만 '딸아! 니가 여그 뭣 땜시 있냐?' 하는 소리는 분명히 알아들을 수 있었다. 이어서 아주머니는 사진 속의 얼굴을 만지며 산 사람에게 하듯이 얘기를 하였다.

"아가, 어서 집에 가자! 니 가방이랑 옷이랑 왔더라. 근디 니는 집으로 으째 안 오고 여그 있냐? 집에 어서 가잔께. 엄마가 맛있는 거 해 줄께!"

아주머니 말투가 익숙하게 느껴졌다. 늘 내 귓속에서 머물고 있던 말투였다.

아주머니가 혼자 중얼거리며 울부짖는 동안 청년은 하늘을 멍하니 쳐다보곤 한숨만 내쉬었다. 순간 모든 것이 멈추는 듯이 느껴졌다.

잠깐 동안 조용해지는 싶더니, 아주머니가 바닥에 쓰러졌다. 주은순, 주은순이었다. 검은 상복과 검은 여고생 복장이 겹쳐졌다.

여고생 주은순이

영정 사진 속에도,

추모판 앞 바닥에도 있었다….

세월아 네월아

세월아 네월아 오고 가지를 마라

아까운 청춘들이 다 늙는다

부두에서 건너와 배를 탔을 때 선실 안의 스피커에서 울려 퍼지는 노래의 노랫말이었다. 후렴으로 '아리 아리랑 서리 서리 랑~, 응~ 응~ 응~, 아라리가 났네~'가 나오는 걸 보니 '진도아리랑'에 나오는 노랫말인 모양이다.

다른 말은 어렴풋이 알아들었는데 '세월아'는 뚜렷이 알아들었다. 픽 웃음이 나왔다. 이 배의 이름이 '세월호'다. 한자는 어떻게 쓰는지 모르지만 한글 이름은 분명히 '세월호'이다. 배 이름이 '세월호'여서 그런지 '세월' 자가 들어가는 노래를 되풀이로 틀어 준다.

　두세 번 듣다 보니 '세월아'에 이어 '아까운 청춘들이 다 늙는
다'도 어렴풋이나마 알아들었다. 진도아리랑에 그런 구절이 들
어 있는 줄 몰랐다. 진도아리랑, 그러면 고리타분한 옛날 노래로
만 알았는데, 뜻밖이었다.

　아까운 청춘들이라…. 하긴 아까운 청춘들이 교실에서만 죽
치고 있어서야 되겠는가. 그래서 수학여행이 있다. 선생님들은
하나같이 수학여행도 학업의 연장이라며 입에 힘을 주고 눈을
부라린다. 하지만 학생들은 수학여행이야말로 갇혀 있던 교실에
서 모처럼 풀려나는 기간이다. 선생님들이 수학여행도 학업의
연장이라는 말을 한다는 것은 어쩌면 학생들의 속내를 이미 다
알고 있다는 뜻일지도 모른다.

　선실 확성기에서 울려 퍼지는 노래가 '세월' 어쩌고저쩌고 하
며, 나아가 '청춘'까지 들먹이는 것이 실은 고등학생들의 수학여
행이라 그런지 모른다. 노래의 참뜻은 늙기 전에, 젊었을 때, 특
히 고등학생일 때, 수학여행 갈 때, 기회를 틈 타 원 없이 놀라
는 뜻일 것이다!

　인천에서 배를 타고 제주도로 수학여행을 간다고 하자 엄마

가 더 설레는 듯이 진도말로 중얼거린 게 떠오른다.

"인천에서 배를 타고 간다고야? 그라믄 진도 근처로 배가 지나가겠다야."

엄마의 고향은 진도.

"인천에서 배를 타고 제주도를 갈라믄 진도 앞바다를 거쳐야 할 것이여!"

내 고향은 안산.

엄마에게 얼른 문자를 보냈다.

> 배에 타니 세월아 네월아 오고 가지를 마라가 나와.
> 이 배 이름이 세월호야. 근데 오고 가지를 말래! ㅋㅋ

엄마한테서 답이 오지 않았다. 엄마는 내 문자를 씹어 버렸다. 그렇다고 내가 문자를 또 안 보낼 수 없다.

> 아리 아리랑 서리 서리랑 진도아리랑 맞지?

진도아리랑인 줄 잘 알면서도 문자를 보냈다. 조금은 설레기도 하고 엄마 기분도 맞춰 주고 싶었다. 엄마는 진도 이야기만 나오면 무조건 좋아하니까. 이번에도 엄마는 답을 보내오지 않았다. 엄마의 '과거'가 자연스레 떠올랐다.

고등학교를 고향 진도에서 마친 엄마가 안산의 한 회사에 취직했다. 회사 안에서 아빠랑 눈이 맞아 나중에 결혼하여 오빠와 나를 낳았다. 흔하디흔한 러브 스토리이다. 텔레비전 연속극 같은 데서 흔히 볼 수 있는 사랑 이야기이다. 어떤 라디오 프로그램에 단골로 등장하는 편지 사연이기도 하다. 엄마와 아빠가 만난 일은 그야말로 평범하기 짝이 없는, 결코 역사적이거나 운명적인 일이 아니라는 것이다!

오빠와 나는 두 살 터울이다. 아빠와 엄마는 이른바 '사내 커플'이었다. 두 분은 직장 안에서 연애를 한 셈이다. 결혼을 하고 엄마는 직장을 그만두었고, 오빠가 세 살 되던 해에 나를 낳은 것이다.

아빠 엄마가 연애하고, 결혼하고, 자식을 낳은 얘기는 텔레비전 연속극이나 라디오 주부 편지에서 너무나 쉽게 보고 들을 수 있는, 말 그대로 통속적인 이야기이다. 하지만 엄마는 그 통속을 무척 자랑스레 여긴다. 엄마는 특히 처녀 시절 얘기만 나오면 아주 자랑스레 뻐긴다.

"그땐 말이시, 아빠가 나만 보믄 벙글벙글 웃음시롱 뭔가 말을 자꾸 붙이려고 했단께."

그렇게 말하는 엄마를 보면 얼굴빛부터 다르다. 상상이 좀체 되지 않지만 나는 엄마의 '청춘'을 애써 짐작해 본다.

"그랬던가? 당신이 눈웃음치며 친절히 대해 주길래 뭔가 고맙다는 말을 해야 할 것 같아서…."

아빠는 엄마 말을 굳이 부정하지 않는다. 그러면서도 자신이 오해했다고 둘러댄다. 오빠와 나는 귀에 딱지가 앉을 정도로 두 분의 연애담을 들었지만 싫증이 나지 않는다. 오히려 자식들 앞에서 서로 '이김질'을 하는 부모님 모습이 귀여울 때가 많았다. 어쨌든 우리의 결론은 아빠가 엄마를 좋아했다는 것이다. 물론 엄마도 아빠가 싫지 않았고! 그리고 보니까 두 분은 닭살 부부이다. 자식 앞에서까지 사랑싸움을 내놓고 하는 것 보면….

"글씨 느그 아빠는 퇴근 시간 다 되었는디도 퇴근하지 않고 자꾸만 미적미적함시롱 내 눈치를 살폈단께! '은순 씨 저녁 먹고 갈까요?' 함시롱…. 나는 그 소리가 뭔 소린 줄 잘 모르고, '지금 일 바쁜게 저녁은 이따 집에 가서 먹을라요.' 그랬제. 그

라믄 느그 아빠는 '은순 씨 일 끝날 때까지 기다리지요, 뭐.' 이
랬어. 그때는 참 싱거운 사람이다고 생각혔어. 자기 일 끝났으믄
후딱 집에 갈 것이제 뭣 땜시 나를 기다린다냐 하고서…."

엄마가 아빠의 구애 작전을 폭로하다시피해도 아빠는 마냥
싱글벙글이었다.

"느이 엄마 말이 맞는 말이여. 느이 엄마를 놓치고 싶지 않았
거든. 그런데 엄마는 자꾸만 고향에 사귀는 사람이 있대. 그 사
람하고 나중에 결혼할 거래!"

"정말 그럴라고 그랬단께!"

엄마는 정색을 하고 단호히 말했다. 엄마가 그렇게 말했는데
도 아빠는 변함없이 싱글벙글이다.

아빠가 아무렇지 않다는 투로 말했다.

"사귀는 사람 있기는? 처음엔 나도 결혼할 사람이 있는 줄 알
았어. 근데 들어 보니까 고등학교 다닐 때 같은 버스 자리에 함
께 앉아서 간 인연일 뿐인데, 그걸 사귀는 사람 있다고…."

"버스만 같이 앉아서 갔간디. 그 뒤로도 몇 번 만났다니께 그
러네!"

"알았어, 알았어요. 주은순 씨. 제가 잘못 알고 입을 함부로

놀렸습니다."

아빠의 너스레에 엄마의 과거는 더 이상 진도를 나가지 못했다. 항상 거기서 멈추고 말았다. 우리는 더 궁금한데 두 분의 사랑싸움 아닌 사랑싸움은 언제나 거기서 그만 멈추고 말았다.

"주은순, 참 오랜만에 들어 보는 이름이네. 내 처녀 적엔 아빠가 맨날 은순 씨, 은순 씨 함시롱 졸졸 따라다녔는디…."

아빠가 고개를 끄덕였다. 부정하지 않는 것 보니까 정말 그랬던 모양이다. 엄마는 결혼하고 곧 '은순 씨'에서 '차돌이 엄마'가 되고 말았다. 오빠 이름이 '차돌'이다. 아빠 성까지 붙이면 '이차돌'. 나는 '이차원'.

오빠는 이름 때문에 친구들한테서 곧잘 돌멩이라는 놀림을 받았지만 신라 때 불교 때문에 순교한 '이차돈'과 같은 이름이 아니라는 것에 그나마 안도했다.

나는 이름이 이차원이어서 아주 고지식하다는 말을 듣는다. 이차원은 평면이기에…. 그렇다고 공간까지 나타내는 삼차원이라고 할 수는 없잖은가. 삼차원이라 하려면 삼씨 성부터 있어야 하는데 삼가가 있기나 하는 것인지….

하여튼 평면적이어서 고지식하기 짝이 없다는 나 이차원은 지금 수학여행 가는 중이다. 그것도 7천 톤 가까이 된다는 어마어마하게 큰 배를 타고서!

배는 처음 타 본다. 길을 오가는 파란 짐차가 1~2톤이라 하니 7천 톤이면 얼마나 큰가. 그래서 그런지 이 배엔 사람 말고도 승용차와 짐차도 많이 탔다. 화물도 실었겠지만 그건 잘 모른다. 하여간 사람 말고도 차가 배에 타는 건 보았다.

공장에서 새로 나온 차를 실은 짐차를 본 적이 있다. 그래 봐야 차를 업는 짐차는 기껏 승용차 대여섯 대를 업을 뿐이다. 그것도 대단하다고 생각했다. 근데 이 배엔 차가 엄청 많이 실렸다. 아무튼 배에 차가 실린 것이다. 배가 차를 품은 것인가?

나만이 아니라 반 친구들 대부분이 배를 처음 탄다. 부두에서 배를 탈 땐 배가 엄청 크다는 사실에 다들 놀랐다. 이어 배가 항구를 떠나자 배를 탔다는 사실을 잊고 말았다. 배가 물 위를 미끄러져 갔지만 차를 탔을 때하고는 달리 탄 느낌을 전혀 느낄 수 없었기 때문이다. 너무나 부드럽게, 미끄러지듯 바다 위를 지나갔다.

배가 부두를 벗어났지만 속도가 전혀 느껴지지 않았다. 뱃멀미할까 봐 몹시 걱정했는데, 다행이었다.

"배를 타믄 멀미할지 몰러. 그란께 미리 이것 붙이자."

엄마는 내가 뱃멀미할 거라며 귀밑에 붙이는 멀미약을 사와 미리 붙여 주었다. 다른 때 같으면 엄마가 쓰는 진도말이 촌스럽다고 트집 잡아 멀미 반창고를 안 붙이려 애썼겠지만 그땐 괜찮았다. 수학여행은 모든 것을 다 이해하게 했다.

'멀미 반창고를 붙여서 괜찮은 건가? 아니야, 배를 탔는지 안 탔는지 모를 정도로 배가 조용히 가니까 괜찮은 거야…'

하여튼 멀미를 안 한다는 사실이 신기했다. 어려서 버스를 탔을 때 멀미를 해서 정류장에 서둘러 내렸던 경험이 있어서인지 멀미라면 고개부터 저어진다.

"뱃멀미는 차멀미하곤 비교도 안 되야. 힘 안 들게 미리 방침을 하자!"

고등학생씩이나 되는 숙녀가 시골에서 올라오시는 할머니처럼 귀밑에 멀미 반창고를 붙이는 게 모양 빠지는 일인 줄 알지만 엄마 말에 토를 달 수가 없었다. 멀미가 얼마나 고통스러운 것인가를 알고 있기에 엄마 말을 거역할 수 없기도 했다. 할머니는 우리 집에 오실 때마다 귀밑에 멀미 반창고를 붙이고 미리 멀미 물약을 드신다고 했다. 내림이라면 나도 할머니처럼 멀미를 심하게 할 것이다. 엄마는 젊었을 때는 물론 지금도 멀미를 한다.

"할머니 때부터 내림이여. 엄마도 멀미가 심하잖어. 차원이 너도 그럴지 모른께 엄마 말대로 히는 것이 좋아."

"힝, 좋은 건 유전 안 되고 나쁜 것만 꼭 유전되지!"

나는 짐짓 불평을 늘어놓았다. 내가 뭐가 불만이어서 그런 것이 아니라, 괜히 그런 말이라도 해야 될 것 같아 일부러 그래 본 것이다. 그런데 엄마는 내 말을 진지하게 받았다.

"왜? 좋은 것도 많이 유전되었잖아!"

내가 입을 쭉 내민 채 엄마가 할 말을 먼저 뱉었다.

"엄마 미모?"

엄마는 늘 자신이 할머니 닮아서 예뻤다고 얘기한다.

"아니 미모도 미모제만 그보다도 공부 잘하는 것 말이여."

"공부?"

어이없는 말이었다. 엄마가 공부를 잘했다니.

"엄마는 공부도 잘했어. 미모뿐만 아니라…."

"헤, 촌구석지에서 공부해 보아야 얼마나 잘했겠어?"

"아녀, 시도 잘 외우고 방학 숙제도 잘했제."

"방학 숙제? 풀 베는 것?"

나는 엄마한테 들어서 옛날엔 퇴비로 쓸 풀을 베어 가는 것도 방학 숙제였다는 것을 안다. 그런 숙제를 잘한 게 공부랑 뭔 상관이라고 엄마는 그걸 기억해 냈을까?

"아녀. 방학 때마다 국어 선생님이 내 주신 시도 다 외웠어. 한 번 외워 볼끄나?"

"피! 그건 버스 옆자리에 앉은 남학생 때문에 외우는 시늉했다면서…."

엄마가 내 머리를 쥐어박는 시늉을 했다. 난 사실 말이지 엄마 닮아서 공부는 별로다. 엄마도 시골에서 고등학교를 다니기도 했지만 공부를 잘한 정도라고 말하기는 좀 그렇다. 내가 엄마 닮아서 공부가 별로라고 할 수 있는 건 엄마도 곧잘 할머니 닮아서 공부에 취미가 없었다고 얘기하기 때문이다. 초등학교나 겨우 마친 할머니가 공부하고 무슨 상관이 있다고, 엄마는 할머니까지 끌어들이는지 모르겠다. 하지만 난 엄마 닮아서 못생기진 않았다. 이 점은 확실히 유전이다. 자뻑이 좀 심하나? 근데 사실이다. 할머니는 특히 결혼 무렵 고운 색시라는 말을 꽤나 들었단다.

배 선실에 있자니 집을 떠나오기 전 엄마랑 나눈 말이 새삼 떠올랐다. 하여간 멀미는 하지 않았다. 멀미 반창고 덕인지 모른다. 어쩌면 그새 멀미 병이 없어졌는지도 모른다. 다른 아이들도 멀미를 하지 않았다. 공부만 해야 하는 교실보다 공부 안 해도 되는 선실이 더 편해서인지도 모른다.

아이들은 모두 들떠 있었다. 수학여행 준비할 동안 선생님들은 수학여행도 학업의 연장이라고 힘주어 말했지만 아이들은 아무도 수학여행을 공부로 여기지 않았다. 그래서 교실을 벗어나 수학여행 갈 날짜만 손꼽아 헤아렸다. 지금 기다리고 기다리던 그날이다! 지금 우리는 수학여행을 가고 있다.

배가 바다를 한참 달리자 나는 적이 걱정이 되었다. 내 고지식한 병이 되살아났다. 수학여행의 의미를 새기는 아이들이 한 명도 없었다. 아이들은 모두들 손에 스마트폰을 꺼내 들고 열심히 들여다보았다. 사실은 나도 스마트폰을 들여다보고 있다. 나야 그렇다지만 다른 아이들은 책을 펴놓고 공부할 줄 알았는데….

엄마한테 문자를 보냈다.

엄마 뭐 해?

아까와 달리 딱히 할 말이 있는 것이 아니어서 아주 뻔한 말을 써서 보냈다. 엊저녁에 배에 올라왔을 때처럼 이번에도 답이 없다. 다른 때 같으면 엄마도 뻔한 대답인 '그냥 있어.'라고 문자를 보내올 텐데 답이 없다. 아침 시간이라 아침 먹은 거 설거지를 하는지, 아빠 출근 시간이 되어 같이 서두르고 있는지 바로 답장이 오지 않았다. 그 사이에 나는 오빠한테 문자를 보냈다.

> 엄청 큰 배 타고 가고 있음. 뭐 사다 줄까?

오빠는 바로 답장을 보내왔다.

> 학교 가는 중. 전철 안. 사긴 뭘 사 오냐.
> 나중에 여행 경비 남으면 오빠한테 넘겨주렴.

오빠는 대학 신입생이다. 대학생이라 나보다 늦게 나간다. 그런데 오늘은 일찍 학교에 가는 모양이다. 하여간 일찌감치 서울 가는 전철을 탄 모양이다. 문자를 할 때 오빠는 꼭 어느 구석에 든 '오빠'라는 호칭을 붙이면서 자신이 손위라는 걸 나타낸다. 그래도 오늘은 밉지 않다. 오히려 그러는 오빠가 귀엽다. 선물 대신 현찰을 달라고 하지 않는가! 다 용서하자. 오늘은 기분 좋

은 날. 학교에서 해방된 날 아닌가! 스마트폰에 문자가 왔다는
표시가 떴다.

'엄마 문자이겠지…'

문자 파일을 열었다. 예상대로 엄마의 답장이다.

> 딸, 멀미 안 하냐?

역시 엄마답다. 내가 모처럼 진도에 대해 문자 보내며 엄마
비위 맞춰 주고, 뭐 하냐고도 물었는데 그건 싹 무시하고, 내가
멀미하는지 안 하는지가 더 궁금한 모양이다. 나도 모르게 입
을 한 번 삐쭉 내민 뒤 스마트폰의 자판을 두드렸다.

> 바다가 다림질 잘되어서 배가 잘 미끄러지고 있어. 배를
> 탔는지 어쩐지도 잘 모르겠음. 그래서 멀미도 안 함.

엄마한테서 바로 답장이 날아왔다.

> 와! 우리 딸 표현력 쩌네. 바다가 다림질 잘되었다고 하는
> 것 봐. 하긴 누구 딸인디. 우리 딸이 시인이 될랑갑서. 근
> 디 바다가 잔잔해도 미리 멀미 반창고 붙여서 멀미 안 하
> 는 거여.

엄마는 내가 멀미를 안 하는 게 다 엄마가 미리 멀미 반창고를 붙인 덕이라고 생각하는 듯했다. 더 우스운 건 바다가 잔잔하다는 걸 표현하며 바다가 다림질이 잘되었다 했더니 엄마를 닮아서 그렇단다.

> 피, 주은순 학생은 시 제대로 외우지도 않았대요!

나는 엄마의 아픈 구석을 콕 찔러 답장을 썼다. 엄마는 방학 숙제로 내 준 시 외우기 숙제 같은 건 애초에 할 생각도 없었다고 한 적이 있다. 엄마는 그 말은 싹 모른 체하고 아퀴 짓듯 매듭을 지었다.

> 암튼 잘 놀고 오렴. 그치만 수학여행도
> 학업의 연장이란 것 잊지는 말그라!

엄마 문자에서 수학여행이 학업의 연장이란 표현이 나왔다. 왜 어른들은 다 똑같은지 모르겠다. 선생님들도 같은 말을 하더니 엄마까지도….

학업의 연장이라는 말. 그럴 거면 수학여행은 왜 가지? 그냥 교실에서 죽치고 있던가, 수학여행 기간 동안 학교 문 닫고 집에서 쉬게 하면 되는데….

엄마와 주고받은 문자는 그 정도에서 그쳤다. 엄마가 학업 어쩌고저쩌고 해서 내 말문을 닫아 버린 것이다.

나는 스마트폰에서 날씨를 검색해 보았다. 지금 우리 배가 떠 있는 서해 해상은 물론 곧 지나갈 남해 해상과 목적지인 제주도의 해상도 쾌청하고 바람이 불지 않는단다.

아이들 모두 스마트폰에 머리를 박고 있었다. 문자를 주고받기도 하고, 뭔가를 검색하거나, 게임을 하고 있을 것이다. 그동안 학교나 집에서 마음껏 가지고 놀지 못한 스마트폰을 이번 기회에 원 없이 만지며 놀고 싶어서 그럴 터이다.

배가 바다를 잘 미끄러지듯 잘 달리고 있는 성싶은데 옆 아이가 스마트폰을 하다 말고 눈을 동그랗게 떴다.

"우리 몸이 좀 쏠리는 것 같지 않아?"

"배는 원래 이런 거 아냐?"

나는 그 애가 너무 과민하거나 예민해서 그런 거라 짐작하며 배는 원래 이런 거라고 한 말씀 했다. 나도 배는 처음 탔지만, 어쩐지 배는 그럴 것 같았다.

"어어! 몸이 자꾸만 이쪽으로 가네?"

그 애는 쏠리는 쪽으로 몸을 더 과장되게 기울였다. 그 순간 자전거 탈 때 넘어지려 하면 넘어지는 쪽으로 되레 손잡이를 돌리면 괜찮다는 말이 떠올랐다. 하지만 배는 내가 몰고 있지 않다.

"좀 있으면 괜찮아지겠지."

이차원적으로 평면적인 나는 아무렇지 않게 말했다. 그때 다른 아이가 비명을 지르듯 큰 소리를 냈다.

"쏠리는 거 장난 아니네!"

아닌 게 아니라 몸뚱이가 자꾸만 기울어졌다. 바닥에 놓인 배낭이며 가방도 미끄러졌다. 점차 균형을 잡기 어려울 정도가 되었다. 그 아이가 더듬거렸다

"우리, 수학여행, 큰일 난 거 아냐?"

어떤 아이가 곧 울 듯한 목소리를 내질렀다.

"재수 없는 소리 하지 마!"

그 말에 누군가가 제법 차분한 목소리로 대답했다.

"바닷바람이 심한 모양이지."

속으론 나도 불안했지만 애써 침착하게 말했다. 엄마와 문자 주고받을 때만 해도 바다는 정말이지 다림질한 것처럼 출렁이

는 파도 하나 없이 고요해서 배를 탔는지조차 알 수 없을 정도였다. 그런데 갑자기 풍랑을 만나다니.

"바다에선 늘 있는 일이야. 가만히 있으면 곧 좋아질 거야."

배는 처음 탔지만 언젠가 읽은 이야기에 바다는 변덕이 심해 종잡을 수가 없다고 한 글이 떠올라 그렇게 말했다. 그런데 배는 점점 기울어져 갔다. 나도 점차 불안해지기 시작했다.

'이러다 난파선 되는 것 아냐?'

이야기 속에서 거친 파도를 만나 배는 늘 부서졌다. 하지만 배에 탄 사람들은 배가 부서져도 거의가 탈출을 해서 살아남아 영웅이 되곤 했다.

"장난 아니라니까! 배가 가라앉는 것 아냐?"

"이러고 있을 게 아니라 밖으로 나가자!"

아이들은 벌써 선실 벽에 꽂혀 있듯 하는 구명조끼를 꺼내 입기 시작했다.

"구명조끼 입고 헤엄치면 더 쉬울 거야!"

나도 구명조끼 하나를 손에 들었다. 이리저리 돌려 보니 어떻게 입는지 대충 알아졌다. 그래서 서둘러 몸에 걸쳤다.

"조끼 다 입었으면 이러고 있지 말고 밖으로 나가자."

"아직…."

조끼가 부족했다. 조끼를 못 챙긴 아이들이 생겼다.

"내 꺼 입어!"

남학생이었다. 그 애는 자기가 입었던 조끼를 벗어서 옆에 있는 여학생 아이에게 건네주었다.

"너는 어쩌려고?"

조끼를 건네받은 여자애가 걱정스레 되물었다.

"나야 수영을 잘하니까 조끼 없어도 돼. 조끼 안 입어도 물에 잘 뜨니까 걱정하지 마!"

남학생은 어깨를 들썩이며 아무렇지 않게 으쓱했다. 여학생이 모기 소리만 하게 말했다.

"고마워."

"이러고 있지 말고 이제 배 밖으로 나가자."

누군가가 그렇게 제의했지만 이내 다른 말에 묻혔다.

"우선 선생님한테 연락해 보자."

"그래, 그게 좋겠어. 이 상황에서 우리가 어떻게 해야 하는지 선생님이 일러 주실 거야."

"상황하곤…. 참 황당한 시추에이션이네!"

아이 가운데 한 명이 담임선생님께 전화를 걸었다.

"신호는 가는데 전화를 받지 않아!"

"카톡도 안 되는데…."

한 아이가 전화기를 들여다보다 말고 소리를 질렀다.

"아직 자고 있을까?"

"그건 아닐 거야. 선생님들은 벌써 배 밖으로 나갔는지도 몰라."

"에이, 그러면 우리한테 알려 주고 나갔을 텐데."

"우리가 겁먹을까 봐 얘기 안 했을 거야. 그렇다면 별 상황이 아니라는 말인데…."

아이들은 지금 벌어지는 상황을 애써 좋게 해석하려 들었다. 그러나 배는 점점 한쪽으로 더 기울어져만 갔다. 선실 안의 집기들이 한쪽으로 미끄러져 벽에 부딪히며 '쿵' 소리를 냈다.

"이러다 배가 침몰하는 거 아냐?"

"그러면 영화 찍는 거네!"

"농담 아냐. 영화가 아니라 실제 상황이라니까!"

아이들을 보니 속으론 다들 겁을 잔뜩 집어먹고 있는 것 같았다. 그러면서도 겉으론 서로에게 여유를 보여 주려 애쓰며 가

벼운 말을 하려고 하는 게 느껴졌다.

"그래, 영화 찍는다 생각하고 안심하자! 밖에서도 우릴 구하려고 헬리콥터나 군함이 대기하고 있을 거야."

"그럼 빨리 밖으로 탈출하자!"

그 말이 맞는 것 같아 다들 그렇게 하기로 했다. 그때 선실 확성기에서 방송이 울려 퍼졌다. 노래 나올 때와 달리 다들 귀를 기울여 들었다. 아주 또렷한 말투였다.

학생 여러분. 현재 위치에서 절대로 이동하지 말고 대기하시기 바랍니다. 가만히 있으면 곧 좋아질 것입니다.

아이들은 누구라 할 것 없이 그 방송 소리를 들으며 안도의 한숨을 내쉬었다. 그래서 모두들 자기 자신도 모르게 큰 소리로 대답했다. 교실 확성기에서 교장선생님 말씀이 나올 때 가만히 듣던 모습 그대로였다.

"예!"

아이들은 이제 걱정거리 없다는 투로 선실 창으로 밖을 내다보기도 하고 자신이 입은 구명조끼를 입었다 벗었다 하기도 했다.

"이 조끼 입은 사람이 내가 처음인가 봐. 끈이 안 잡아당겨
져…."

"걱정하지 마. 곧 조끼도 벗어 던져야 할지도 몰라."

"조끼 색깔이 뭐 이래? 좀 패셔너블하게 만들 수 없었어?"

아이들은 조금 전 불안했던 것을 벌써 다 떨쳐 버린 듯한 태
도였다. '이동하지 말고 현재 위치에서 가만히 있으라.'는 방송이
효과를 낸 셈이었다. 사람 마음이 참 간사스럽다는 생각이 들
었다. 조금 전엔 금방 뭔 일이 일어날 것만 같았는데, 방송이 나
오자 금세 마음이 편안해졌다. 어쩌면 편안해지고 싶었는데 방
송이 아이들 마음을 그쪽으로 몰아 주었는지도 모른다. 가만히
있으라는 방송이 나오는 것을 보니 바다에선 이런 일이 자주
있는 모양이었다. 바다는 변덕이 심하다는 걸 몸으로 느꼈다.

그러나 우리 생각과 달리 배는 점점 더 기울어져 갔다. 그러
나 가만히 있으라고 한 뒤로는 방송도 더 이상 나오지 않았다.
갑판으로 올라가야 할지 이대로 가만히 있어야 할지 판단이 서
지 않았다. 이런 때엔 선생님께 물어보고 결정하면 되는데, 담
임선생님하고는 전화 연락이 되지 않았다. 그렇다고 집에 있는
엄마한테 전화를 걸기도 좀 그랬다. 그러나 아이들 가운데엔 벌

써 집에 연락한 이가 있는 모양이었다.

"엄마, 배가 기울어. 이러다가 침몰하는 거 아냐?"

"아빠, 얼른 와! 무서워 죽겠단 말이야!"

"구명조끼야 입었지. 근데 가만히 있으라 하네."

나도 불안감을 떨치지 못해 엄마한테 전화를 걸어야겠다고 생각했다. 전화를 걸려고 스마트폰 화면을 보니 그새 엄마한테 부재중 전화가 와 있었다. 부재중 전화 번호를 바로 눌렀다. 신호음이 한 번도 가기 전에 엄마가 바로 전화를 받았다. 다짜고짜 엄마가 말했다.

"지금 텔레비전 방송 나오고 있는디, 걱정 말그라잉. 여그저그 왔다 갔다 하지 말고 있는 자리에 가만히 있어라잉. 곧 구조한다야."

엄마는 우리 상황을 이미 알고 있었다. 안심이었다. 엄마가 그렇게 말하니 조금은 편안해졌다. 그렇지만 불안감을 아주 떨쳐내지는 못했다.

"엄마 무서워. 배가 많이 기울었어."

"바다에선 흔히 있는 일이여. 그랑께 선실에 가만히 있어라잉. 맬겁시 여그저그 왔다 갔다 하지 말고…"

"응, 알았어. 구명조끼도 입고 있는데 빨리 나오라는 소리가 없어…"

"지금 방송에서 니들 탄 배를 구조할라고 헬리콥터랑 군함이랑 다 가 있다고 헌께 안심하고 조금만 더 기다려 봐라잉."

"엄마 전화 끊어! 전화기 들고 있기도 힘들어!"

배가 점점 더 기울어져 중심을 잡기가 힘들어 전화기를 귀에 대고 있기가 힘들어졌다. 갑판으로 나오라는 방송도 없고, 아무리 귀를 기울여도 헬리콥터 소리가 들리지 않았다. 그 대신 배를 탈 때 배에서 울려 퍼지던 노랫소리만 귓가를 맴돌았다.

세월아 네월아 오고 가지를 마라
아까운 청춘들이 다 늙는다

그런데 '아까운 청춘들이 다 늙는다'가 자꾸만 '아까운 청춘들이 다 죽는다'로 들렸다. 이내 곧 그런 소리조차 나지 않았다.

기다리던 담임선생님도 끝내 오지 않았다. 엄마도 아빠도 오지 않았다. 엄마 아빠야 멀리 있어 올 수 없다지만 담임선생님은 지금 어디 있을까?

점점 배는 더 기울어져 갔다.

"어? 어!"

몸이 배가 기울어진 쪽 벽으로 미끄러졌다.

울부짖는 아이들

멍하니 앉아 있는 아이들

전화를 하는 아이들

스마트폰으로 동영상을 찍는 아이들….

나는 벽에 몸을 기댄 채 가까스로 몸을 지탱하고선 스마트폰
에 문자를 찍었다.

> 엄마 무서워.

가만히 있는 것이 되레 불안했다. 뭔가 손놀림이라도 해야 할
것 같았다. 이럴 때 스마트폰이라도 있으니 얼마나 다행인가.

구명조끼를 양보했던 남학생이 소리쳤다.

"안 되겠어! 밖으로 나가자!"

그 말이 채 끝나기도 전에 무언가가 '쿵' 하고 선실 문에 부딪
혔다. 아무래도 배에 무슨 일이 일어난 게 틀림없다. 아수라장
이라는 말이 떠올랐다. 아이들은 아이들대로, 가방이며 배낭은

배낭대로 이리저리 쏠렸다. 나도 바닥에 이리저리 뒹굴며 가족에게 문자를 보냈다.

엄마 아빠 오빠 사

바닥에 물이 차기 시작했다. 물에 빠져 죽을지도 모른다는 생각이 들었다. '사랑해' 가운데 '사'자만 찍고 미처 '랑해'를 찍을 틈도 없이 물이 차올랐다. 얼른 문자 전송을 누른 뒤 물이 덜 찬 쪽으로 옮기려 했으나 발에 뭔가가 걸렸다. 아무래도 이 차원이 아니라 그 이상의 차원이 되는 것 아닌가 싶었다.

전화기를 바지 주머니에 넣고, 주머니에서 명찰과 학생증이 들어 있는 비닐 표찰을 꺼내 목에 걸었다.

넋이로세 넋이로세

바닷가에서 징 소리가 났다. 징 소리는 끊어질 듯 이어지면서 계속 울렸다. 간간이 사람이 흐느끼는 소리도 들렸다. 사람이 흐느끼는 것 같은 아쟁 소리도 구슬프게 이어졌다.

　　넋이로세 넋이로세

　　넋인 줄을 몰랐더니

　　오늘 보니 넋이로세

바다에 빠져 죽은 이들의 넋을 건져 내는 굿을 하고 있었다. 쉬임굿이니 혼건지기굿이니 넋건지기굿이니 하는 씻김굿을 하고 있는 모양이었다. 임시로 만든 교회당에서, 성당에서, 법당에

넋이로세 넋이로세

서 사람들이 쏟아져 나왔다.

봄날, 잔뜩 들뜬 가슴을 안고 수학여행 가던 학생들이 탄 배가 물속으로 가라앉았다. 그 배의 이름은 세월호. 세월호는 인천을 떠나 제주로 가다가 진도 앞바다를 지나는 중이었다. 진도에서도 물살이 세기로 유명한 맹골수도를 지나가는 중이었다. 그 배에 탔던 승객들 가운데 300명이 넘는 사람들이 배와 함께 최후를 맞았다. 희생자의 대부분은 수학여행 가던 고등학생들이었다.

> 지척에 애기를 두고 보지 못하는 이내 심정
> 보고파라 우리 애기 안 보이네 볼 수 없네
> 자느냐 누워 있느냐 애가 타게 불러 봐도
> 대답 없는 우리 애기 간 곳을 못 찾겠네
> 아이고 대고 어허 흥~ 성화가 났네 헤~

남도 홍타령 가락에 실은 단골무당의 노랫말은 바다에 빠져 죽은 아이를 둔 부모 심정을 그대로 반영하고 있었다.

굿을 보는 사람들 모두 훌쩍였다. 모인 사람들은 저마다 종교가 달랐다. 그래서 저마다 믿는 종교단체에서 설치한 장소에서 기도를 하고 있었다. 그러다 밖에서 굿판이 벌어지자 몰려나왔다. 처음엔 밖이 소란스러워서 나와 보았다. 하지만 단골무당의 노래에, 그 노래를 받쳐 주는 악기의 가락에 다들 훌쩍이지 않을 수 없었다. 누구든 돌아오지 않는 아이들을 생각하면 슬프고 서럽고 억울하기 때문이었다. 단골무당이 부르는 굿판의 가사는 부모 심정 그대로이고, 가락 또한 슬프기로 유명한 남도 흥타령이었다. 그러니 제 아무리 심장이 두터운 사람이라 해도 눈물을 흘리지 않을 수 없었다.

모두들 훌쩍이는 판국인데 갑자기 굿판 한쪽이 시끄러워졌다.

"놔두란 말이여!"

"이러면 안 돼!"

"내 새끼가 저 바닷속에 있는데 내가 지금 이러고 있어야 돼? 그건 더 안 돼!"

"그런다고 애가 돌아올 것도 아니잖아."

"내가 데리러 가면 돌아올 줄 알어?"

한 아주머니가 바다로 뛰어들려 하고, 한 아저씨가 말리는 중이었다. 아이를 잃은 부모인 모양이었다.

"굿을 한다고 아이가 살아오는 것도 아니잖아. 내가 가서 직접 데려올 거야!"

"당신까지 이러면 나는 무슨 힘으로…"

말리던 아저씨도 맥이 풀리는지 그냥 그 자리에 풀썩 주저앉았다. 아주머니도 마지못한 듯 자리에 주저앉았다. 아주머니는 두 다리를 뻗고 멍한 표정으로 바닷물을 바라보았다. 두 발이 풀려 잘 걷지도 못하면서 내달렸던 것이다.

굿을 지켜보던 사람들 모두 바닷가로 우르르 몰려갔다. 바다는 아무렇지도 않게 넘실거리는 파도만 밀려왔다 밀려갔다. 철썩거리는 파도 소리에 갈매기만 대꾸하듯 울음소리를 내며 날았다.

다들 한숨을 내쉬었다.

꽹과리 소리가 요란하게 난 뒤 장구가 느릿느릿 장단을 맞추었다. 단골무당이 분위기를 더 가라앉히는 소리를 했다.

파도야 너는 아느냐 갈매기야 너는 아느냐

우리 애기가 으짜고 있는지 니들은 알 것인디

답답허고 답답헌 일 니들은 알아도 말을 못허제

우리 애기헌티 보고잪은 마음이나 전해 주라

아이고 대고 어허 홍~ 성화가 났네 헤~

단골무당의 노래가 이어졌다.

험한 시상에 음~ 우리 애기를 내일 때

자식 길 부모 길 따로따로 정해졌겠지만

나는 몰랐네 미처 몰랐네 참말로 몰랐네

부모가 물속의 자식 건지는 일까지 할 줄이야

아이고 대고 어허 홍~ 성화가 났네 헤~

유족인 부모뿐만 아니라 굿판에 모인 사람들 모두 훌쩍였다.

만경창파에 배 띄우고서 제주땅 가졌더니

어이해 물속에서 잔다냐 어서 일어나거라

갈매기야 훨훨 우리 애기 있는 디로 날아가서

엄매 아배 왔다고 기별 쪼간 전해 주고 온나

아이고 대고 어허 홍~ 성화가 났네 헤~

꿈이로다 꿈이로다 요것이 다 꿈이로다

우리 애기도 꿈속 에미 애비도 꿈속

너도 꿈속 나도 꿈속 죄다 꿈속이로다

꿈에 나서 꿈에 살고 꿈에 죽어 가는 인생

아이고 대고 어허 홍~ 성화가 났네 헤~

아이고 대고 어허 홍~ 성화가 났네 헤~

아이고 대고 어허 홍~ 성화가 났네 헤~

　홍타령은 단골무당의 춤사위 따라 더 슬프게 출렁였다. 바다
도 슬픔에 잠겼는지 출렁임이 멈추었고, 갈매기는 울음소리를
내지 않았다. 단골무당은 홍타령의 끝부분인 '아이고 대고 어허
홍~ 성화가 났네 헤~'를 오랫동안 되풀이해 부르며 춤을 추었
다. 사람들은 단골무당의 소맷자락, 손가락 동작 하나하나에서
눈을 떼지 못한 채 굿에 빠져들었다.
　굿은 마침내 바다에 빠져 죽은 이들의 넋을 건지는 단계로

나아갔다. 단골무당의 굿을 도와주는 사람들인 조무들이 막 베어 낸 듯한 생대나무 가지를 들고 바닷가로 갔다. 조무들이 바다 가장자리에 세운 대나무 가지를 부모들이 잡았다. 대나무 가지 위 끝은 아직 대나무 잎이 무성했지만 아래쪽엔 종이가 이 파리처럼 매달려 있었다. 그 아래로는 흰 베가 묶인 채 아래로 길게 늘어뜨려져 있었다. 베 끝에는 밥그릇이 친친 동여매져 있었는데, 죽은 아이 가운데 한 명이 평소에 쓰던 밥그릇이란다.

쟁과리, 징, 북, 장구, 아쟁 등이 슬픈 무악을 울리자 굿을 보는 사람들도 슬픈 분위기에 한껏 빨려들었다. 단골무당이 베를 둘둘 말아 두 팔 안에 그러안더니 시퍼런 바다 멀리 던졌다. 단골무당이 몸을 부르르 떨면서 노래를 불렀다.

넋이야~

이 넋이 뉘 넋이런고

불쌍하고 불쌍하구나 우리 애기들

고개 외로 꼬아 모른 체허들 말고

어서어서 넋밥그릇 보듬거라

담기소서~

담기소서 담기소서

넋이여! 후딱 담기소서

넋이야~

담겼구나 담겼구나

이 넋이 뉘 넋이런고

불쌍하고 불쌍한 오늘 망자

우리 애기들 넋이로구나

단골무당이 노래와 춤을 멈추고 구경꾼들을 돌아보았다. 단골무당이 갑자기 여자아이 말투로 중얼거렸다. 죽은 아이의 공수가 내린 모양이다. 단골무당은 손에 쥔 지전을 흔들며 소녀 말투와 몸짓을 했다.

"아이구, 엄마 배고파!"

단골무당은 구경꾼 가운데 한 아주머니에게 다가가 껴안았다. 그 아주머니도 자연스럽게 단골무당을 껴안았다.

단골무당은 제상에 차려진 사과며 과자를 집어 입에 넣은 뒤 우물거렸다. 아주머니가 주스를 따라 주었다.

"엄마, 사과가 맛있어!"

"많이 먹어…."

단골무당이 주스 잔을 내려놓고 물을 청했다.

"물 좀…."

아주머니가 물을 따라 주었다. 단골무당은 물을 받아 시원히 마신 뒤 바닥에 비스듬히 옆으로 누운 뒤 머리를 팔로 받쳤다.

"엄마, 이리 와 봐."

아주머니가 단골무당 옆에 팔로 머리를 받치며 나란히 누웠다. 단골무당이 아주머니에게 다정히 말했다.

"엄마, 엄마, 우리 엄마, 불쌍한 우리 엄마. 식당에서 일하기도 바쁜데 나 보자고 여기까지 왔구면."

"우리 딸이 찬 물속에 있는데 엄마가 안 와서야 되겠냐."

어느새 단골무당과 아주머니는 이런저런 말을 주고받았다. 평소에 딸과 엄마가 했음직한 말이었다.

"네가 맞벌이하는 엄마 아빠 대신 동생들 잘 챙기고 했는데, 이제 누가 챙겨 주냐!"

"개들도 다 컸으니까, 알아서 잘할 거야. 동생들 걱정 말고 엄마 병 안 나게나 해. 허리는 좀 어때?"

"지금 내 허리가 문제냐. 너 보고 싶은 게 더 문제지…."

아주머니가 눈물을 훔쳤다. 잠시 뒤 단골무당이 일어났다. 아주머니도 따라 일어났다. 단골무당이 노래를 했다.

    설움이야~
    설움이로구나 설움이로구나
    부모 형제 떨어졌으니
    으째 안 서럽겄냐
    어서 가자 어서 가자
    서러워 말고 이제 가자

그때였다. 대나무 가지를 잡고 있던 부모 가운데 한 사람이 소리를 질렀다. 대나무 가지 끝이 파르르 떨렸다.

"어! 어! 어!"

대나무 가지를 잡은 부모가 바다 쪽으로 걸어 들어가고 있었다.

곁에서 굿을 보고 있던 사람들이 달려들어 그를 붙들었다.

그이가 알 수 없는 소리를 내뱉었다.

"바다가 불러! 어서 가 봐야 돼."

구경꾼들이 수군거렸다.

"혼이 실렸구먼."

"넋이 제대로 건져진 모양이야."

"아까 보니까 대나무 가지도 파르르 떨리던데!"

징 소리가 커지고 꽹과리 소리가 빨라졌다.

단골무당이 사람들을 돌아보았다.

"인자 넋을 건졌은께 하늘나라로 좋게 가라고 길을 잘 닦아
줍시다!"

하직이야 하직이로구나

부모형제 벗들 다 뒤로 하고

나는 가네 나는 가네

인자 가면 언제 올지

나도 모르고 넘도 모르지만

나는 가네 나는 가네

단골무당은 이마에서 땀을 훔치며 노래를 부르고 사설을 읊조렸다. 사람들은 흐르는 눈물을 손등으로 훔쳐 냈다.

단골무당이 크게 숨을 들이마신 뒤 '어화 세상 사람들 이내 한 말 들어 보소' 하며 목청을 가다듬었다.

사람들 모두 숨을 죽이며 단골무당의 다음 말을 기다렸다.

단골무당이 사람 형상을 한 넋종이를 손끝에 쥐고 판소리 풍으로 노래했다.

인생이 모두가

백년을 산다고 해도

병든 날과 잠든 날

걱정 근심 다 제하면

단 사십도 못 살 인생

아차 한 번 죽어지면

북망산천의 흙이로구나~

여기저기서 코를 훌쩍이는 소리가 북 장단과 장구 가락에 실렸다.

아쟁이 흐느끼는 듯한 소리를 냈다.

꽹과리 소리가 더욱 빨라졌다.

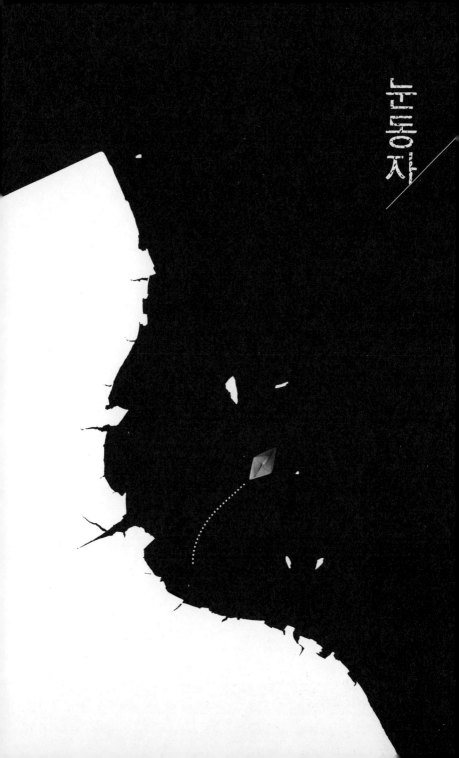

눈동자

"아아아, 그리운 눈동자여!"

요즘 아빠는 틈만 나면 이 노래를 입에 달고 산다. 세월호가 맹골수도 바닷속으로 가라앉은 뒤 생긴 아빠의 버릇이다. 더 정확히 말하자면 세월호 선실 창문에서 밖을 내다보던 눈동자를 못 잊어 괴로워하며 부르는 노래이다.

사실 말이지 아빠는 그다지 노래를 잘 부르는 편이 아니다. 하지만 술을 한잔 걸치면 언제나 '눈동자' 노래를 흥얼거린다. 전에도 내가 알 수 없는 노래를 흥얼거리긴 했지만 그때는 그렇고 그런 사랑 타령 유행가려니 하고 흘려듣고 말았다. 그래서 아빠의 애창곡을 정할 수 없었다. 그런데 세월호 참사 이후엔 '아, 그리운 눈동자여!'가 아빠의 속내를 대신하고 있다.

"당신 또 술 마셨는갑소?"

엄마는 아빠가 '눈동자' 노래를 흥얼거리면 바로 알아차린다. 그래서 또 술 마셨냐고 지청구다. 엄마가 다그치면 아빠는 머리를 긁적이며 느릿느릿 대답한다.

"이 판국에 술이라도 마셔야 살제…. 술이 없었으믄 으째쓰까…. 나는 술이라도 마실 수 있는디…."

엄마는 걱정스레 아빠를 쳐다보았다. 아빠의 낯빛이 발그스레하다.

"나도 그 속을 안께 술을 한 방울도 마시지 말라고는 안 허요. 근디 고로코롬 마시믄 몸 상할까 봬 걱정이라 그런 것이제…."

"나도 당신이 왜 술 마시지 말라고 하는지 다 알제. 근디 그 눈동자 땜시 자꾸만…."

아빠가 가늘게 눈을 뜨며 먼 데를 바라보았다. 눈동자가 그저 멍하다. 엄마도 더 이상 입 밖으로 말을 내지 않았다.

아빠가 입술을 달싹거리며 나직하게 노래를 불렀다.

그날 밤 이슬이 맺힌

눈동자 그 눈동자

가슴에 내 가슴에 남아

외롭게 외롭게 울려만 주네

안개 안개 자욱한 그날 밤거리

다시 돌아올 날 기약 없는 이별에

뜨거운 이슬 맺혔나

고독이 밀리는 밤이 오면

가슴속에 떠오르는 눈동자

그리운 눈동자

아아아 그리운 눈동자여*

"아아아 그리운 눈동자여!"

아빠는 마지막 구절을 몇 번이나 되풀이하며 불렀다. 그 부분
에 도돌이표가 있는 듯이…

아빠는 세월호가 물에 잠긴 2014년 4월 16일 아침을 잊지 못

....

* 이승재 노래 〈눈동자〉

한다. 아니, 그날 자신을 애타게 쳐다보던 눈동자를 잊지 못한다.

눈동자.

바닷물 속으로 가라앉는 배 안에서 선실 창문으로 밖을 내다보던 눈동자….

아빠는 어딜 가나 그 눈동자가 따라다니는 것 같다고 한다. 잠이나 들어야 겨우 그 눈동자를 마주치지 않는단다. 그러나 맨정신으론 잠도 들지 않는다. 대병 소주를 반 넘게 마셔야 그나마 잠이 든다. 술기운을 빌려야 겨우 잠이 드는 것이다. 그러나 이내 곧 깨고 만다. 잠이 들어도 편할 리가 없다. 그래서 오래 자지도 못한다.

"밖으로 나가는 문이 있을 거요. 그 문을 열고 갑판으로 올라가쇼. 거기서 내 배로 뛰어내리믄 되지라! 빨랑 내 말대로 하쇼잉!"

이불을 열어젖히고 아빠는 오른손으로 한쪽을 가리켰다. 아빠가 큰 소리로 잠꼬대를 하는 통에 엄마까지 잠에서 깼다. 갑자기 아빠가 자리에서 벌떡 일어났다.

"휴! 또 못 나간다고 도리질 쳐 부네…."

아빠는 그날 이후 언제나 같은 꿈만 꾼다. 배 선실에서 밖을 내다보고 있는 승객들보고 문을 열고 갑판으로 올라가 자신의 배로 뛰어내리라고 몇 번이나 외치고 손짓을 했단다. 하지만 선실에 이미 물이 차서 문이 열리지 않았다. 그래서 승객들은 갑판으로 올라갈 수가 없었다. 그래서 아빠가 손짓을 해도 도리질을 칠 수밖에 없었다. 아빠는 그런 줄 모르고 갑판에서 자신의 배로 뛰어내리기만 하면 구할 수 있는데 왜 저러는지 몰랐다. 나중에야 선실 문이 열리지 않고 이미 물이 차올랐다는 것을 알고 더욱 안타까웠다. 가장 아쉬웠던 일이 자꾸만 꿈으로 나타난다. 엄마가 걱정스러워하며 아빠 이마의 땀을 훔쳤다.

"당신 또 그 꿈꾸었소?"

"그런 모양이요. 물 쪼깐…"

이제 아빠가 이마의 땀을 훔쳤다. 그새 엄마가 얼른 냉장고로 가서 물통을 가져왔다. 잔에 물을 따를 새도 없이 아빠는 물통째 입에 대고 벌컥벌컥 마셨다. 물을 다 마신 아빠가 벌떡 일어났다. 아빠는 안방을 나와 내 방으로 왔다. 아빠가 내 방문을 열어젖혔다.

아빠가 다짜고짜 나를 끌어안았다. 나는 자다가 놀라 눈을 크게 뜨며 일어났다.

"아빠!"

아빠는 나를 더욱 꼭 껴안으며 '휴우' 하고 크게 한숨을 내쉬었다.

"아빠, 왜?"

"네가 꿈속에서 살려 달라고 해서…."

아빠는 내 앞에 앉아 한참 동안 내 눈을 바라보았다.

"우리 딸은 여그 있는디…."

뒤따라 들어온 엄마가 안타까운 표정을 지으며 아빠 어깨를 다독였다.

"세영이 아빠, 제발이지 인자 그 꿈에서 벗어나 불쇼."

나를 바라보던 눈을 거둔 아빠가 한 손에 물통을 들고서 고개를 끄덕였다.

"나도 그라고 잖은디, 고것이 내 맘대로 되야제."

"배가 가라앉은 것이 당신 잘못도 아닌디, 당신 몸 상헌께 그라제. 그만 괴로워하쇼잉."

엄마가 아주 걱정스러운 말투로 살갑게 다독였지만, 아빠는 자기 생각에만 빠져 있었다.

"더 구할 수 있었는디…"

아빠는 멍한 표정으로 마당 쪽을 바라봤다. 희붐히 날이 밝고 있었다. 방 안은 아직 어둡지만 창밖은 벌써 날이 새고 있었다.

"허 참, 바닷물 속으로 맥없이 들어가 버리더란께…. 학교 건물맨치로 큰 배가 말이여…."

아빠는 한숨을 내쉬며 혀를 끌끌 찼다.

"오늘은 으짠 일이다요. 세영이 아빠가 이 시간에 테레비를 다 보고 있네…. 일 안 나갈 셈이요?"

엄마는 아빠가 다른 때와 달리 아침 드라마를 멍하니 보고 있어서 짐짓 다그치듯 물었다.

아빠가 채널을 다른 데로 돌리며 심드렁하게 대답했다.

"오늘은 좀 늦게 나갈라고. 얼마 전에 미역 채취해 왔는디 하루가 멀다 하고 뜯어 오믄 쓰겄어. 고것들도 자랄 시간은 쪼깐 주어야제. 내가 자꾸 보챈다고 더 빨리 자라는 것도 아닐 것이고만."

아빠는 새벽이면 부리나케 바다로 배를 몰고 나간다. 아빠는 아침나절 내내 미역이나 톳을 뜯어 온다. 엄마는 아빠가 뜯어

온 미역과 톳을 마당에서 말린 뒤 곱게 손질을 한 다음 포장을 한다. 이어 엄마는 인터넷으로 서울이나 광주에서 주문한 사람들의 주소를 써서 택배로 보낸다. 아빠 엄마가 그렇게 열심히 산 덕분에 오빠와 언니가 뭍에서 대학을 다닐 수 있다. 나는 아직 중학생이라 집에 있지만 나도 나중엔 오빠와 언니처럼 뭍에서 대학을 다닐 것이다.

느긋하게 연속극을 보고 있는 아빠에게 엄마가 조심스레 말했다.

"근디 아까 테레비 본께, 진도 앞바다에 제주도로 수학여행 가는 학생들 실은 여객선이 침몰했다는 뉴스가 속보로 나오던디…."

"뭐? 여객선이 침몰했다고 했는가?"

"뭔 소리인지 자세히는 모르제만 하여간 진도 부근에서 제주도로 수학여행 가는 고등학생들을 태운 배가 사고가 났다고 하는 자막이 나왔단께라."

아빠가 고개를 끄덕였다.

"그 소리였구만. 텔레비전 자막에 진도 어쩌고저쩌고하는 글씨가 계속 나왔제만 난 유심히 안 봤구만."

"진도 근처에서 사고가 났다는디, 당신 안 가 봐도 쓰겄소?"

"여그 바다 어디에서 사고가 난 줄 알아야 가 보든 말든 하제. 바다가 우리 집 앞뿐인가. 넓어도 무지하게 넓은디, 어느 바다로 가 볼 것이여."

엄마가 대수롭지 않게 대답했다.

"맹골수도 어딘가 보던디."

아빠가 입을 벌린 채 엄마를 쳐다보았다.

"맹골수도?"

그때였다. 아빠의 휴대전화에 문자가 왔다는 알림이 울렸다. 아빠가 휴대전화 창을 들여다보았다.

> 긴급상황
> 맹골 근처에 여객선 침몰 중
> 학생 500여 명 승선
> 어선 소유자 긴급 구조 요청

우리 면에 있는 각 마을의 이장을 대표하고, 청년회를 맡고 있는 아저씨의 문자였다. 아빠는 휴대전화를 들여다보다 말고 입을 달싹거렸다.

"사고가 나기는 났는갑서."

엄마가 조바심을 냈다.

"맹골수도 근처믄 물살이 무지허게 센 덴디…."

아빠가 고개를 갸우뚱거렸다.

"글씨 말여. 거그로 여객선이 뭣 땜시 들어갔을까?"

"근께 사고제. 일부러야 들어갔겄소."

"하기사 그랬겄제. 알고는 그리 안 들어갔겄제."

"어선 소유자는 와서 구조하라는 문자인 것 같은디, 당신 안 갈라요?"

"가 봐야제."

아빠는 작업복을 급히 걸친 뒤 배가 묶여 있는 포구로 달려 갔다. 집 마당 건너편에 포구가 있어서 그다지 멀지 않다.

"배에 기름 넣을 새는 없겄는디. 그냥 기름통을 싣고 가야 쓰 겄구만."

아빠가 배로 달려가자 이웃에 사는 김씨 아저씨도 같이 내달 렸다. 아저씨도 문자를 받았다. 아빠와 김씨 아저씨는 배에 올 라탄 뒤 전속력으로 달렸다. 아빠는 배를 조종하고 김씨 아저 씨는 기름통을 들어 배의 기름 탱크에 부었다.

집 앞 섬 하나를 돌아가자 비스듬히 바다에 누워 있듯 하는 배가 눈에 띄었다. 바다에 떠 있는 섬 같았다. 세월호였다. 그곳은 물살이 울돌목에 이어 진도에서 두 번째로 세다는 맹골수도였다. 옛 우스갯말에 울돌목이 자기만큼 물살이 센 맹골수도보고 사돈 맺자고 했는데도 맹골수도가 도리질 쳐서 사돈을 못맺었다는 말이 있다. 아빠와 김씨 아저씨는 얼굴을 마주 보며 벌린 입을 다물지 못했다. 아빠가 몸을 움찔하며 입을 뗐다.

"아니. 저렇게 큰 배가 왜 저라고 있다요? 갑판도 학교 운동장 같구만!"

엄청나게 큰 배가 바닷물 속에 잠기듯 기울어져 있었다. 아빠는 기울어져 가는 배를 보고 달리 할 말이 떠오르지 않았다.

"저 정도믄 사람도 무쟈게 많이 탔을 것인디…."

"문자 온 것 본께 학생들이 오백 명 가차이 탄 모양이더라고."

김씨 아저씨도 놀라기는 마찬가지였다.

"오십 평생에 저렇게 큰 배가 바닷속으로 맥없이 넘어가는 건처음 보네잉!"

"근께 말이요. 허 참! 하여튼 가차이 가야 승객을 구하든지 말든지 할 탠께, 저 배 가차이 가 봅시다잉!"

아빠는 이미 뱃머리를 세월호 쪽으로 향하고 있었다.

"우리가 할 일이 있을지 모르겄네잉…."

김씨 아저씨는 세월호 주변에 이미 많은 배들이 있는 걸 보자 섣불리 다가가고 싶지 않았다.

"저렇게 큰 배가 사고가 났은께 해양경찰 사람들이 어련히 알아서 구할 준비를 안 허겄는가?"

해양경찰의 경비함이며 어업 지도선 같은 배가 몰려와 있었다. 그래서 김씨 아저씨는 자신들이 할 일이 별로 없을 거라고 짐작했다. 그런데 그런 배들은 세월호에 다가가 승객들을 구하지 않고 자리만 지키고 있었다. 아빠는 조바심이 났다.

"저 배들은 별로 긴급 상황이 아닌디요. 청년회 회장님이 어선 소유자들보고 와서 구조를 하라고 한 것이 다 이유가 있었던 모양이네!"

아빠는 앞뒤 잴 것 없이 가라앉는 배 안의 사람들을 구해야겠다는 생각밖에 들지 않았다.

"하여간 우리라도 가서 구합시다!"

"구하긴 해야 쓰겄는디, 해양경찰 경비정에서 뭔 소리가 있으믄 그 지시를 따라야 헐 것이여. 다들 몰려가믄 되레 구조에 방해가 될 것인께!"

김씨 아저씨 말이 구구절절 옳았다. 하지만 해양경찰을 비롯 어느 쪽에서도 나설 기미가 보이지 않았다.

"염병, 제기랄! 구조를 할 생각이단가? 아니단가!"

아빠는 마음이 더 바빠졌다. 어차피 구조를 지휘하는 조직이 없다면 자신의 배라도 나서서 한 사람이라도 구해야겠다고 생각했다. 아빠가 김씨 아저씨에게 단호히 말했다.

"형님, 갑시다잉!"

아빠는 김씨 아저씨의 대답을 들을 새도 없이 배를 몰아 세월호 가까이 다가갔다.

세월호 가까이 가자 승객들이 선실 밖을 내다보고 있었다. 선실 아래층은 이미 바닷물 속에 가라앉아 버렸고 위층도 절반 가까이 물에 잠겨 있었다.

아빠와 김씨 아저씨는 구명조끼를 입고 바다로 뛰어든 승객들에게 손을 뻗었다. 손에 닿는 구명조끼 아무 데나 잡아끌어서 배에 올렸다. 아빠는 정신없이 물에 빠진 사람을 건져 냈다. 한참을 그러고 있는데 김씨 아저씨가 소리를 질렀다.

"세영이 아빠, 조심허더라고잉! 시방 우리 뱃머리가 사고 배 난간 쇠말뚝에 걸려 부렀단게!"

아빠는 자신의 배가 어떤 상황에 빠졌는지는 아랑곳하지 않았다. 오로지 사람을 건져 내기에만 바빴다.

"어? 어? 배가 꼼짝도 안 허네잉!"

그제야 아빠는 세월호 난간 철제 말뚝에 걸린 배를 빼내느라 안간힘을 다했다.

"자칫허믄 우리 배도 같이 넘어가게 생겼단께! 으째사쓰까."

김씨 아저씨가 다급하게 외쳤다.

아빠와 김씨 아저씨는 있는 힘을 다해 가까스로 배를 빼냈다.

막 돌아서려는 순간이었다. 물이 점점 차오르는 선실의 창에 사람 둘이 어른거렸다. 아빠는 다시 세월호로 바짝 다가가 힘껏 소리쳤다.

"문 쪽으로 가서 갑판으로 올라가쇼잉!"

하지만 배 선실에 있는 사람들은 고개를 저었다. 아빠는 손으로 오른쪽을 가리키며 외쳤다.

"옆쪽으로 오시오! 옆으로 오란 말이오!"

하지만 안에 있는 사람은 다시 고개를 저었다. 밖에서 볼 수는 없지만 문이 안 열리는 모양이었다. 나중에 안 사실이지만 배에 실은 차며 짐들이 밀려 내려가 문을 가로막기도 한 모양이었다. 점점 물이 차오르는 배 안에서 그들은 밖을 내다보며 창문을 두드렸다. 순간 아빠와 그 사람의 눈이 마주쳤다. 애타게 도움을 바라며 살려 달라고 애원하던 그 눈동자. 눈동자….

'망치라도 있으믄 창문을 깨 버리믄 될 텐디….'

살려 달라는 승객의 애절한 눈동자가 아빠 눈에 깊이 박혔다. 그 순간 해양경찰의 경비함에서 '빵~'하는 경적 소리가 울렸다. 몰려든 어선들로 하여금 세월호에서 떨어지게 하려는 신호 같았다. 어쩐 일인지 해양경찰 배들은 승객을 구하려는 시도를 전혀 하지 않았다. 아빠가 느끼기에 해양경찰 배들은 되레 승객들을 구하지 못하게 방해하는 듯했다. 그러나 어선들은 물러나지 않고 한 사람이라도 더 구하려고 세월호에 더 다가갔다. 그러자 해양경찰 배들이 아예 물살을 크게 일으키며 작은 어선들을 세월호에서 떼어 냈다. 해양경찰 배들이 일으키는 물살에 아빠가 탄 작은 배는 곧 뒤집어질 듯 위태롭게 흔들렸다.

아빠는 어처구니없었다.

'저것이, 저것이 시방 뭔 일이디야?'

아빠는 하는 수 없이 물살을 피해 뱃머리를 돌렸다. 더 이상은 가까이 다가갈 수가 없었다.

그날 이후 아빠는 자신도 모르게 하루에 한 번씩 배를 맹골 수도 쪽으로 몬다. 그쪽에서 미역이나 톳을 채취하기 위해서 그러는 것이 아니다. 왠지 그곳 바다에서 누군가가 아빠를 기다리는 듯한 느낌 때문이다. 아니, 혹시라도 살아남은 사람이 있을까 하는 기대 때문이다. 부질없는 일인 줄 알면서도 세월호 창문에 붙어 있던 두 사람의 눈동자가 자꾸만 아빠를 맹골수도 바다 쪽으로 끌어당기니 할 수 없다.

여전히 아빠는 눈만 뜨면 '눈동자' 노래를 읊조린다. 굳이 술을 마시지 않아도 '눈동자' 노래를 흥얼거린다. 이제 다른 노래는 아예 부를 줄 모르는 사람이 되어 버렸다. 한밤중에도 자다가 깨어나면 내 방문을 벌컥 열고 들어와 내가 살아 있는지 확인하는 일도 잦다.

바닷속에 잠겨 버려 300명이 넘는 목숨들이 사라졌는데도 벌써 세월호 이야기가 지겹다는 사람들이 많다. 그래도 아빠의 '눈동자' 노래는 한참 동안 계속될 것 같다…. 나도 처음엔 아빠가 '눈동자' 노래를 그만 불렀으면 좋겠다는 생각을 했지만 이제는 그 노래가 아빠를 가까스로 견디게 한다는 것을 안다….

울고 있는 나

이게 나란 말이지?

나는 고모가 건네준 신문철을 넘기다가 어느 한 장면에서 한참 동안 눈을 떼지 못했다. 고모는 지난 10년 동안 차곡차곡 정리해 놓은 신문철을 보여 주었다. 내가 나온 사진이나, 나에 대한 기사면 무엇이든 손닿는 데까지 모두 모은 신문철이다.

사진 속에는 한 아이가 울고 있는 모습이 들어 있다. 그런데 울고 있는 아이가 나란다. 내가 봐도 사진 속의 아이는 낯설다. 10년 전 모습이니까 어쩌면 낯선 게 당연한지도 모른다. 하여간 사진 속의 아이는 울고 있다. 내가 울고 있다니!

그날 그 일 이후 나는 부모도 없고, 형제도 없는 아이가 되어 버렸다. 사진은 그날 무렵의 풍경이다. 내게 엄마도 없어지고, 아빠도 없어지고, 오빠도 없어진 그날…. 그날은 세월호가 바다에 잠겨 버린 날이다. 그래서 300명이 넘게 바다에서 죽어야 했던 날이다.

목포의 한 병원에 있던 나를 대통령이 온다고 해서 진도의 체육관으로 데려갔단다. 대통령 할머니가 나의 뺨을 어루만지자 나는 울었단다. 아니, 울고 있는 나의 뺨을 어루만졌단다. 나는 병원 있을 때 과자만 먹어도 토했다고 한다. 그런 나를 병원에서 체육관으로 급히 옮겼단다. 체육관엔 세월호에서 죽은 학생들의 가족이 모여 있었고. 대통령은 그 사건이 일어나던 날은 연락도 없고 관심도 없다가 뒷날에서야 서둘러 진도체육관을 찾아가서 호들갑을 떨었단다. 대통령이 마지못해 행차를 하는데에 나는 생존자 가운데 가장 나이 어린 아이였으므로 그럴싸한 배경이 된 모양이다. 여기저기서 사진을 찍느라 사진기 불빛과, 그 불빛을 터뜨릴 때 냈던 소리가 요란했던 게 어렴풋이 떠오른다.

"제주도는 공기도 좋고, 따뜻해서 서울보다 훨씬 살기 좋아."

아빠는 제주도로 이사를 준비하면서 제주도가 서울보다 살기 좋다고 말했다.

"엄마는 아빠한테 결혼해서 오기 전엔 일 년 내내 여름밖에 없는 나라에서 나고 자랐어. 그래서 추운 겨울은 힘들어. 서울은 너무 추워. 제주도는 겨울에도 서울만큼은 안 추우니까 견딜 수 있을 거야."

맞는 말이었다. 엄마는 베트남에서 나고 자란 뒤 아빠와 결혼하고서야 서울에서 살았으니까…. 베트남은 항상 여름이어서 겨울에 내리는 눈을 볼 수 없다. 그래서 엄마는 서울 살 때 눈을 가장 신기해했단다.

"하늘에서 쌀가루 같은 게 내려! 신기해!"

엄마는 눈을 쌀가루 같다고 했다. 나보다 한 살 많은 오빠와 나는 처음부터 서울에서 태어나 자랐기 때문에 눈은 추운 겨울이면 당연히 내리는 것이었다. 굳이 쌀가루라고 하지 않아도 눈은 눈이다. 그런데 엄마는 눈이 굉장히 신기한 모양이었다. 눈을 쌀가루 같다 하다니, 히히.

엄마 이름은 '김가루'이다. 아빠 성 김씨를 따라 한국 성을 '김'씨로 했다. 엄마 이름 '가루'는 아무래도 쌀가루의 가루인 모양이다. 언젠가 오빠가 물어본 걸 기억한다.

"아빠. 엄마 이름은 왜 가루예요?"

"가루가 어때서?"

"성하고 같이 부르면 김가루잖아요···. 먹는 김!"

"아냐. 바다에서 나는 김의 가루가 아니고, 하늘에서 내리는 눈 같은 쌀가루의 가루야. 엄마가 눈을 아주 좋아하거든. 근데 성씨 김은 한자로 금이라고도 읽어. 그러면 엄마는 금가루지! 엄마가 금가루여서 아빠가 엄마랑 결혼 뒤부터는 돈도 착착 모였어!"

아빠는 엄마랑 건물 청소 일이며 식당 일이며 가리지 않고 닥치는 대로 열심히 해서 돈이 모일 때마다 제주도에 밭을 조금씩 샀다. 제주도에 가서 감귤 농장을 하며 살 일을 기다리면서···.

드디어 우리 가족이 제주도로 이사 가는 날이 되었다. 제주도로 이사 가기 전날 아빠는 식탁에서 오빠와 나를 흐뭇하게 바라보며 들뜬 마음을 내비쳤다.

"김세곤, 김세미. 우리 김씨 가족이 드디어 제주도로 이사 가는 거야!"

"제주도가 멀어?"

나는 아빠가 하는 말의 속뜻을 잘 몰랐다.

"아빠, 제주도는 멀어서 비행기 타고 가야 하지?"

오빠가 양손을 길게 펼치며 멀다는 표시를 했다.

"비행기는 나중에 타고, 이사 갈 땐 배를 타고 가는 거야. 많은 짐을 비행기에 싣기엔 좀…. 짐 싣기는 배가 나아."

오빠가 아빠를 빤히 쳐다보았다.

"배도 엄청 빨라?"

"그럼, 배도 빠르지. 비행기보단 느리지만…."

아빠가 말끝을 흐렸다.

나는 타는 것보다 더 궁금한 게 있었다.

"아빠, 제주도에도 유치원 있어?"

"그럼, 서울에 있는 것은 다 있어."

"놀이터도?"

"놀이터? 우리가 이사 가는 데는 마을이 전부 다 놀이터야! 밭 곁에 바로 산이 있고 마을 앞은 바다야. 겨울엔 산에 눈이 쌓여 있어서 눈 구경 하며 놀면 되고 여름엔 바다에 나가서 헤엄치면 돼!"

"와! 신난다!"

나와 오빠는 두 손을 머리 위로 들어 올리며 만세를 불렀다. 아빠가 고개를 끄덕였다. 엄마 입에도 웃음기가 돌았다.

"나도 만세야!"

엄마도 두 손을 머리 위로 뻗었다. 아빠가 '허허' 하며 큰 소리로 웃었다.

"오늘 한 밤만 자면 배 타고 제주 가는 거야?"

오빠는 오른손의 엄지손가락을 접으며 신나 했다. 아빠가 고개를 끄덕거렸다.

"그러니까 일찍 자야 돼!"

아빠는 오빠와 나더러 일찍 잠자리에 들라고 했다.

자려고 누웠지만 잠이 쉬 오지 않았다.

'제주도는 어떤 곳일까?'

'배를 타면 신날까?'

'제주도에도 유치원이 있다 하니까 오빠랑 나는 유치원 가서 놀면 되겠구나. 유치원 갔다 와도 놀 것은 걱정 안 해도 되겠구나. 마을 전체가 다 놀이터라고 하니까!'

그런저런 생각을 하다가 잠이 들었다.

"김세곤, 김세미! 일어나야지! 배 타러 가야 돼!"

아빠는 우리를 깨울 때 꼭 성과 이름을 합쳐서 함께 부른다. 오빠와 나는 눈을 비비며 겨우 일어나 앉았다.

"얼른 세수하고, 밥 먹고, 배 타러 가자."

다른 때 같았으면 일어나기 힘들어 나도 오빠도 다 '아빠, 5분만 더.' 하면서 뻗댔을 것이다. 그런데 오빠가 먼저 벌떡 일어났다.

"세수하러 가자, 세미야."

세수를 하러 화장실에 가면서 슬쩍 보니 엄마는 벌써 부엌에서 아침 식사 준비를 하고 있었다.

"엄마, 안녕!"

나는 평소에 하던 대로 엄마에게 아침 인사를 했다. 엄마가 식사 준비를 하다 말고 내게 다가와 나를 끌어안았다.

"쎄미, 잘 잤어?"

엄마는 내 이름 '세미'를 강하게 발음한다. '쎄미'라고⋯. '세미'라고 하면 어쩐지 설거지할 때 쓰는 '수세미' 같다고 한다. 나는 고개를 끄덕였다. 엄마한테서 베트남 쌀국수의 냄새가 묻어났다. 베트남 쌀국수를 준비하고 있었던 모양이다.

"얼른, 세수하고, 와. 그리고, 맛있는 거, 먹자."

엄마가 나를 풀어놓으며 화장실 쪽으로 떠밀었다.

아침으론 엄마가 잘하고, 아빠가 좋아하는 베트남 쌀국수를 먹었다. 베트남 쌀국수는 아빠가 아주 좋아한다. 오빠와 나도 베트남 쌀국수 국물의 향에 길들어져 있어 비교적 좋아하는 음식이다. 그러나 평소 아침엔 잘 하지 않는다. 베트남 쌀국수는 주로 주말 저녁에 먹는 '특식'이다. 오늘은 아마도 특식을 먹을 만큼 즐거운 날인 모양이다. 그러니까 엄마가 아침으로 베트남 쌀국수를 차렸겠지.

아침을 먹은 뒤 엄마 아빠는 미처 제주로 부치지 않은 짐을 짐차 화물칸에다 실어 냈다. 하지만 짐은 별로 많지 않았다. 큰 짐은 미리 다 싸서 보냈기 때문이다. 요 며칠 동안 밥해 먹을 때 쓴 주방기구와 잠잘 때 덮고 잔 이불 정도….

아침부터 서둘렀지만, 점심때가 거의 다 되어서야 우리 네 식구는 아빠가 모는 짐차를 타고서 집을 나설 수 있었다.

"이제 출발하자꾸나. 가다가 큰아빠 집에 들러 점심 먹고 가야 하니까…."

우리 가족이 제주로 이사를 가면 당분간 만나기가 힘들다고 진즉부터 큰아빠가 식사라도 한 끼 같이하자고 했다. 그러나 엄마 아빠가 이사 가기 전날까지 일을 해야 하기에 시간을 내지 못했다. 그래서 이사 가는 날에야 큰아빠 집에 들러 겨우 점심을 먹기로 한 것이다.

서울을 벗어나기 전에 있는, 인천 가는 길목에 있는 큰아빠 집에 가자 큰아빠, 큰엄마, 고모가 우리 식구를 반겨 주었다. 나이 차이가 많이 지는 사촌 오빠와 언니는 직장과 학교에 가고 없었다.

큰엄마가 내 뺨을 톡톡 치며 웃었다.

"아이구 당분간 우리 이쁜 세미를 못 봐서 어떡한다!"

"큰엄마는 나는 안 보고 싶어요?"

오빠가 샘이 난 소리를 했다.

"잘생긴 우리 세곤이도 보고 싶지!"

큰엄마가 얼른 오빠의 어깨를 감싸 안았다. 그러자 오빠는 싱글벙글했다. 오빠는 큰엄마가 어깨를 풀어 주자 이번엔 고모의 손을 잡고 물었다.

"고모도 나 보고 싶으면 전화하세요."

"그럼 전화 자주 할 거야, 세곤이 보고 싶을 때마다 전화할게!"

"나 보고 싶을 때도요!"

나도 고모 마음이 변할까 봐 얼른 말해 주었다.

우리 네 식구는 점심을 먹자마자 큰아빠 집을 떠났다.

"배 출발 시간은 여섯 시 반이지만 한 시간 전에는 도착해야 하거든요!"

큰아빠는 시간이 넉넉하다 했지만 아빠는 서둘렀다.

"그래 마음이 바쁘면 어서 가렴!"

큰아빠는 아빠의 심정을 알아차린 듯 더 붙들지 않았다. 그래서 큰아빠 집에서 나선 때는 네 시도 되기 전이었다.

큰아빠, 큰엄마, 고모의 배웅을 받으며 우리는 다시 아빠의 짐차를 탔다. 차는 인천을 향해서 달렸다. 오빠와 나는 인천이 처음이다. 엄마도 처음인지 모른다. 그런데 아빠는 자주 와 본 모양이었다.

"조금만 더 가면 부두가 나와."

어느 큰길 교차로에서 교통 신호에 걸려 잠깐 차가 섰을 때 아빠는 부두 가는 길의 지리에 아주 밝은 투로 말했다.

우리가 탈 배는 차도 실을 수 있는 배란다. 배가 무지 큰 모양이다. 얼마나 크면 차까지 태울 수 있을까?

오빠와 나는 서울하고 그다지 다르지 않은 길가 풍경을 말없이 바라보았다. 도로엔 차가 많고 길가엔 쭉 건물이 늘어서 있었다.

아빠 말대로 조금 더 가자 부두가 있는 바다가 나왔다. 안개가 짙게 끼었지만 땅 위와 바다는 쉽게 구분할 수 있었다. 배를 타기 전 엄마와 오빠와 나는 차에서 내렸다. 아빠도 같이 내렸지만, 아빠는 곧장 차에 다시 타서 차를 배 안으로 몰고 들어갔다. 그래서 엄마와 오빠와 나만 걸어서 배에 올랐다. 잠시 후에 차를 배에 실은 아빠가 우리 있는 쪽으로 왔다.

"이제 배를 탄 기분이 느껴지니?"

"유치원 교실에 들어간 것하고 똑같아요."

오빠는 배 선실을 유치원 교실 같다고 대답했다. 나는 고개를 끄덕였다. 나도 선실이 그리 낯설지 않게 느껴졌다.

"지금 출발 안 해요?"

배가 출발하지 않자 엄마가 아빠를 쳐다보았다. 아빠는 배 시간에 늦을까 봐 차를 운전할 때 무척 서둘렀다. 그런데 배가 출발할 생각은 않고 느긋하게 부두에 서 있는 것 같아 엄마는 의아한 모양이었다.

"아직 여섯 시도 안 되었어…."

아빠가 어색한 웃음을 지으며 엄마를 바라보았다.

"시간 되면 출발하겠지."

나와 오빠는 배의 이곳지곳을 구경했다. 한참을 구경하고 엄마 아빠가 있는 선실로 다시 왔다.

"이제 배 출발해요?"

오빠가 아빠를 쳐다보자 아빠가 시큰둥한 표정을 지었다.

"출발 시간은 되었는데, 안개가 걷히면 출발한다고 하는구나."

아빠가 손목시계를 들여다보았다. 시계를 한참 들여다보다가 아빠는 선실 밖으로 나갔다.

선실엔 고등학생 언니와 오빠들이 많았다. 많은 언니 오빠들이 나보고 귀엽게 생겼느니 예쁘니 하고 한마디씩 건넸다. 나는 그런 말을 들어도 오빠와 같이 장난치는 일에 빠져 그런가 보다 했다. 어쩌면 늘 듣던 말이라 으레 하는 말이려니 생각했는지도 모른다.

아빠가 잠시 후 다시 선실 안으로 들어왔다.

"잘못 들어왔어. 우리는 3층 객실로 가야 돼. 여긴 단체 학생들이 쓰는 4층이야. 그리고 밖에서 들으니까 안개가 언제 걷힐지 모른대."

아빠 말을 들은 엄마가 고개를 끄덕였다.

"그럼 안개가 없어질 때까지 우린 꼼짝 못 하겠네!"

안개가 걷히든 말든, 배가 출발을 하든 말든 오빠와 나는 그냥 좋기만 했다. 배가 언젠가는 가긴 갈 거니까 오빠와 나는 어른들 말에 그다지 신경 쓰지 않았다. 그냥 오빠랑 밀고 당기며 노는 일만도 즐거웠다. 우리 남매와 엄마는 아빠를 따라 4층 객실을 나와 3층으로 갔다.

"안개가 언제 걷히누…. 이런 일은 처음이네…."

아빠는 그간 제주도를 여러 번 다녀왔다. 그때마다 인천에서 배를 타고 다녔다. 하지만 안개 때문에 배가 출발하지 못한 일은 없었단다.

"두세 시간 지나면 걷히겠지…."

아빠는 스스로를 달래는 말을 했다.

아까 본 고등학생 언니 오빠들은 수학여행 간다고 했다. 수학여행이 무엇인지 잘 모르지만, 하여간 제주도로 간다고 했다. 우리는 제주도로 아주 이사를 가는데… 여행을 가는 것 정도

가지고도 즐거워하는데, 그렇다면 이사를 가는 일은 훨씬 더 즐
거운 일일 것이다!

언니 오빠들이 있던 데로 다시 가고 싶다. 언니 오빠들은 전
화기를 들여다보거나 손가락으로 V자를 만들고 웃거나 두 손
으로 턱을 받치듯 하며, 휴대전화기로 사진을 찍어 댔다. 더러
는 나와 오빠를 찍기도 하고, 우리 남매와 같이 찍기도 했다. 여
기저기서 사진 찍느라 찰칵찰칵 소리가 요란했다. 다들 즐거워
하는 모양을 보니, 모르긴 몰라도 수학여행이란 것은 즐거운 일
인 모양이었다.

오빠하고만 노는 게 조금 심심하긴 했지만 어느새 두어 시간
이 흘렀다. 그 사이에 배 안에 있는 식당에 가서 저녁도 먹었다.

"든든히 먹으렴. 9시 넘으면 배가 뜬다고 하니까 저녁 먹고 자
자…. 내일 아침 식사는 제주도에 오르기 전에 아마 배에서 하
게 될 거야…."

아빠는 우리에게 저녁을 든든히 먹으라고 말했지만 정작 자
신은 든든히 먹는 것 같지 않았다. 아빠는 오빠와 나와 엄마만
챙겨 주었다.

"아빠도 맘마 해."

"아빠는 안 먹어도, 식구들 밥 먹는 것만 봐도 배불러!"

저녁을 먹고도 한참 더 지나 배가 출발했다.

"캄캄해도 배는 길을 알아?"

오빠가 아빠한테 진지하게 물었다. 저럴 때 보면 나랑 같이 노는 오빠가 아닌 것 같다. 나보다 한 살 더 많은데 어쩌면 저런 생각을 하는지….

"안개보다 캄캄한 게 더 쉬워. 안개 끼면 불을 밝혀도 앞이 안 보이지만 캄캄한 건 불을 켜면 앞을 다 볼 수 있어. 찻길이나 바닷길이나 마찬가지일 거야."

오빠가 고개를 끄덕였다. 아빠가 오빠 머리를 쓰다듬어 주었다.

"세미랑, 세곤이는 얼른 자렴. 내일 아침에 깨울게!"

"우리 좀 더 놀다 자면 안 돼? 아까 보니까 4층에 아이들 노는 데 있던데…. 키즈룸인가 뭔가…."

"그러면 조금만 놀다 와!"

오빠와 나는 4층에 다시 갔다. 여기저기 객실에서 수학여행 가는 언니 오빠들이 떠들며 놀고 있는 소리가 새 나왔다. 어느 방에선 노래를 부르기도 하는 모양이었다. 한참 놀다 보니 조금 졸린 것 같았다.

"나는 가서 잘래."

"세미야, 같이 가자."

내가 가서 잔다고 하자 오빠도 따라왔다. 우리는 3층으로 다시 왔다.

졸린 것 같았지만, 긴장을 해서인지 집에서 자는 것과 달리 잠이 빨리 들지 않았다. 아까 4층 객실에서 본, 수학여행 가는 고등학생 언니 오빠들은 지금쯤 무엇을 하고 놀까? 언니 오빠들의 노는 모습을 그려 보며 잠에 빠져들었다.

자면서 무슨 꿈을 꾸었지만 하나도 기억이 나지 않았다. 엄마 아빠는 벌써 일어나 밖으로 나가고 없었다. 오빠랑 나는 엊저녁에 놀던 4층 키즈룸으로 다시 갔다.

키즈룸에서 놀고 있는데 갑자기 배가 왼쪽으로 기우뚱했다. 키즈룸 방에는 고등학생 몇 명과 아저씨도 한 사람 있었다.

다들 조끼를 하나씩 입으며 투덜댔다.

"배가 흔들리고 한쪽으로 쏠리거든. 만약을 모르니까 조끼 입어 두자!"

"이 조끼 좀 봐라. 지퍼가 안 잠겨. 한 번도 안 입었나?"

"그 조끼를 처음 입는 사람은 널 거?"

학생들은 조끼를 입은 모양을 서로 보며 '잘 어울리네, 어울리지 않네.' 하며 휴대전화기로 사진을 찍었다. 나는 왜 그러는지 몰라 가만히 있었다. 무슨 일이 생긴 모양인데 어떤 일인지 잘 몰라 눈만 껌벅껌벅했다. 학생들이 사진을 찍다 말고 우리 남매를 바라보았다.

"얘들도 조끼 입어야 하는 것 아닌가? 얘들 부모는 어디 갔지?"

"애들만 여기서 놀게 했겠지…."

"근데 애들이 입을 조끼가 있을까?"

"아이 용을 찾기 어려울 테니 끈을 조여 보자."

"그럼 얘부터 입혀 보자."

한 고등학생 오빠가 세곤 오빠에게 조끼를 입혔다. 곁에 있던 학생들이 박수를 쳤다.

"아주 잘 어울리는데! 아주 조끼 체질이야! 끈만 조이면 아이도 입을 수 있게 되어 있구나."

"나중에 조끼 광고 모델 해도 되겠어!"

"조끼 좀 더 가져와."

"없어. 그게 마지막이야."

오빠가 입은 조끼가 마지막이어서 내가 입을 조끼가 없었다. 그때였다. 오빠가 입고 있던 조끼를 벗었다.

"이것 세미 네가 입으면 딱 맞겠다."

"오빠는?"

"내 거는 이따 아빠가 가져올 거야."

나는 오빠가 건네주는 조끼를 받았다. 아까 오빠한테 조끼를 입혀 주던 학생이 이번엔 내게 조끼를 입혀 주면서 한마디 했다.

"아주 의좋은 형제구나!"

다른 학생이 말을 고쳐 주었다.

"의좋은 남매라 해야 맞지!"

"남자애와 여자애니까, 남매가 맞긴 한데, 지금 그런 것이 문제가 아니잖아."

배가 한쪽으로 더 쏠렸다.

"이러다가 우리 배 가라앉는 거 아냐?"

누군가가 놀란 소리를 냈다. 사람들이 다 웅성거리기 시작했다. 그때 누군가가 외쳤다.

"구명조끼 다 입었으면 객실 밖으로 나갑시다!"

학생들이 불안해하며 갈팡질팡했다. 물이 방 안으로 쏟아졌다. 그러나 엄마 아빠는 들어오지 않았다.

아저씨 한 분은 오빠와 소파를 밟고 함께 서 있었다. 오빠가 소파 아래로 굴러 떨어지려 하자 고등학생 오빠가 다급하게 외쳤다.

"애기야, 떨어지면 안 돼!"

그 사이 배는 더 기울어졌다. 오빠와 소파를 딛고 서 있던 아저씨가 떨어졌다. 위에서 호스 한 줄이 아래로 내려왔다. 아저씨가 그 호스를 기둥에 묶었다. 방 안에서 학생들은 소파를 디디고 버티었다. 이미 방 밖은 물이 차서 나갈 수 없었다. 호스를 징검다리처럼 묶어 건널 수밖에 없었다.

"조끼 안 입은 애부터 내보내자."

학생들 여럿이 세곤이 오빠를 선실 밖으로 떠밀었다.

"얘는 내가 업는 게 낫겠어."

한 아저씨가 등을 내밀었다. 오빠는 그 아저씨 등에 업혔다.

"일단 선실 밖으로 나간 뒤, 갑판으로 가거라."

누군가가 오빠한테 다음에 어떻게 하라고 일렀다. 방 안에 물이 더욱 차기 시작했다.

오빠는 일단 선실 밖으로 나갔으니까 물이 안 찬 갑판으로 올라갔을 것이다. 오빠가 나가고 난 뒤엔 방문이 아예 안 열렸다. 그새 물이 더 많이 밀려온 모양이다.

"문이 안 열려!"

학생들 여럿이 힘껏 문을 밀었지만 열리지 않았다. 계속 문을 밀치자 어느 순간 열리긴 했는데 물이 쏟아져 들어왔다.

"어이쿠!"

"여기서 이러고 있지 말고 다 나갑시다!"

"우리 배가 바다 아래로 가라앉는 모양이야!"

"아까 방송에선 가만히 있으라 했는데…."

"가만히 있다가는 물고기 밥 돼요! 어서 나갑시다!"

갑판 위에서 누군가가 뭐라고 외치는 소리가 들렸다.

"선실에서 문 밖으로만 나오면 갑판 위로 끌어올릴 수 있다는 소리야!"

물은 점점 더 들어왔지만 조끼를 입어선지 몸이 물 위에 떴다. 계속 위 갑판에서 뭐라고 외치는 소리가 들려왔다.

"저 애부터 위로 올려 보내자."

나를 두고 하는 말이었다. 고등학생 언니 오빠들이 갑판에 나와 있었다. 언니 오빠들은 나를 끌어당겨서 떠받들 듯 자기들 머리 위로 들어올렸다.

"여기 애기 있어요!"

다들 애기 받으라고 외쳤다. 갑판 위 아저씨들이 나를 들어올렸다. 내가 갑판으로 올라가자 언니 오빠들도 하나둘씩 밖으로 올라왔다. 세곤이 오빠가 안 보였다. 엄마 아빠도 어디 있는지 모르겠다. 가족들이 안 보여서 울었는지, 놀라서 울었는지 모르지만 정신을 차리고 보니 침대 위에 누워 있었다. 내가 눈을 뜨자 한 여자가 다가왔다.

"세미야, 잠 좀 잤니?"

고모였다.

"엄마는?"

"엄마는 여기 없어. 다른 데에 있어."

"오빠랑 아빠도?"

"응…."

어쩐지 고모 목소리에 힘이 없었다. 그러나 그냥 그러려니 했다. 나는 다시 잠에 곯아떨어졌다. 얼마나 잤을까? 누가 흔들어 깨워서 눈을 떴다. 속이 마치 부글부글 끓는 것 같았다. 참았지만, 더 이상 참을 수 없어 토하고 말았다.

"먹은 것도 없는데 토하기까지 하는구나…"

고모였다.

"뭐든 조금이라도 먹고 진도체육관으로 가자. 대통령 할머니가 너를 보잔단다."

나는 뭐가 뭔지 몰라 고모가 하자는 대로 할 수밖에 없었다.

나는 거기 가면 엄마 아빠 오빠가 있는 줄 알고 고모가 입혀주는 옷을 입고 병원차를 탔다. 차는 한 시간 정도 달려 진도체육관으로 갔다. 사람들이 많았다. 울고불고 난리였다. 사람들은 많았지만 엄마 아빠 오빠는 아무도 나타나지 않았다. 체육관 바닥 한쪽에 자리를 잡고 앉았다. 한참을 앉아 있었지만 가족들이 안 왔다. 여기저기서 나를 찍는 사진기 조명 터지는 소리가 났다. 체육관 입구가 소란스러워지는가 싶더니 양복 입은 사람들이 바삐 오갔다. 어떤 할머니를 가운데로 하고 사람들이 나 있는 곳으로 몰려왔다. 나는 고모 품속을 파고들며 무서워서 벌벌 떨었다.

"얘가 가장 어리다구요?"

어떤 할머니가 내 뺨을 어루만지며 주변 사람에게 덤덤하게 물었다.

"예, 그렇습니다. 최연소자입니다."

나는 그만 '으앙' 하며 울음을 터뜨리고 말았다. 여기저기서 대통령 어쩌구저쩌구하는 소리가 들려왔다.

나는 그날 이후 큰아빠 집에서 살게 되었다.

"큰아빠, 제주에는 언제 데려다줄 거야?"

"세미가 조금 더 크면."

"나 많이 컸는데."

나는 발뒤꿈치를 들어 키를 늘려 보였지만 큰아빠는 고개를 가로저었다.

"큰엄마, 엄마 아빠는 어디 있어?"

"제주도에."

"근데 왜 나 데리러 안 와?"

"감귤 밭 일하느라 바쁜 모양이야…. 휴!"

큰엄마가 한숨을 크게 내쉬었다. 뭔가 내게 말 안 하는 게 있는 성싶었지만 나는 더 묻지 않았다.

나도 모르게 사람 많은 곳이 싫어졌다. 어린이날이 되면 큰집의 사촌 오빠와 언니가 나를 대공원이나 동물원 같은 데로 데려갔지만 나는 그때마다 울음을 터뜨리거나 겨우 참았다. 고모는 내가 물을 무서워한다며 수영장에 보내 강습을 받게 했지만 물이 두려운 건 마찬가지였다.

초등학교 땐 엄마 아빠 원망을 많이 했다.

'피이. 제주도에 있다면서 나만 여기다 떼어 놓고 안 데려가다니, 엄마 아빠 미워.'

'세곤이 오빠도 날 잊어먹었겠다.'

그러나 그게 아니었다. 엄마 아빠 세곤이 오빠 모두들 하늘나라에 가 있다는 것이었다. 그러한 사실은 초등학교를 졸업하고서야 알았다. 내 기억으론 엄마 아빠랑 세곤이 오빠랑 제주도로 이사 가는 배를 탔는데, 나만 큰집에 떨어져 사는 게 늘 이상했다. 결국 초등학교 졸업식 때에도 엄마 아빠 세곤이 오빠는 오지 않았다. 내 졸업식엔 큰엄마, 큰아빠, 고모, 사촌 오빠와 언니가 왔다…

물이 발목까지 차올랐다. 배에 구멍이 뚫린 것 같다. 선실 밖으로 나가야 한다. 이대로 가면 배에 물이 차올라 배가 가라앉을지 모른다.

조금 전까지만 해도 휴대전화기로 선실 바닥에 새 들어온 물을 찍던 승균이가 고개를 갸우뚱하며 문을 밀쳤다. 문이 열리지 않는다.

"왜 안 열리지?"

승균이는 휴대전화기를 바지주머니에 넣고서 문에 등을 대고 밀쳤다. 역시 안 열렸다. 승균이가 나를 쳐다보았다. 나는 승균이랑 힘을 합쳐 힘껏 두 손바닥을 문짝에 대고 밀었다. 그러나 문은 열리지 않았다.

나는 짜증이 확 밀려왔다.

"문이 열려야 갑판으로 올라가든 말든 할 거 아냐⋯."

승균이가 문 손잡이를 잡고 거칠게 흔들었다.

"문이 잠기시는 않았는데⋯."

"조금 전에 가만히 있으라고 방송 나온 게 혹시 우리처럼 문을 열고 한꺼번에 나가면 되레 복잡해질까 봐 그런 거 아냐?"

나는 조금 전에 나온 방송을 되새겨 보았다. '가만히 있으라'는 방송이 나왔었다.

승균이가 고개를 끄덕였다.

"그런지도 모르지. 다들 가만히 있지 않고 문 밀치고 나가면 혼란스러워지니까!"

승균이가 이해가 된다는 투로 말했다.

나도 이해는 되지만 짜증스러운 건 마찬가지였다.

"그렇다면 선실 밖에서 문이 안 열리게 무슨 장치를 했을 거야."

우리는 문을 우리 손으로 열 수는 없다고 생각했다. 저절로 가만히 있어야 할 상황이 되고 말았다.

그때 내 휴대전화기가 울렸다. 발신자를 보니 지난 1학년 때 같은 반이었던 철범이었다. 철범이는 진도로 귀농한 부모님 따라 진도로 전학 가서 산다. 나는 다짜고짜 철범이에게 소리 질렀다.

"철범아, 우리 갇혔어! 새 되어 버렸어!"

"알아. 텔레비전에서 너희들 제주로 수학여행 가는 배 탔는데 진도 근처에서 사고가 났다고 하더라."

"우리 이러고 있는 거 뉴스로 나왔어?"

"그럼. 너무 걱정 마. 속보로 나왔어. 곧 구조된다고 하니까 조금만 더 기다려 봐!"

철범이는 만화를 좋아한다. 보는 것도 좋아하지만 무엇보다도 만화풍의 그림을 잘 그린다. 연필로 쓱쓱 싹싹 몇 번만 하면 금세 친구들 얼굴도 재미있게 그려 낸다. 중학교 3년을 같이 지냈고, 고등학교 1학년도 같이 다녔으니까, 벌써 4년을 사귄 친구이다. 갑자기 부모님이 진도로 가서 농사짓고 살겠다고 하시는 바람에 부모님 따라 전학을 간 친구이다. 그렇지만 카카오톡을 통해 거의 날마다 자신이 그린 그림을 보내오고 있어 서로 멀리 떨어져 있다고 느껴지지 않는 친구이다.

나는 철범이랑 헤어지던 날이 떠올랐다.

"철범이 너, 날마다 그림 보내와야 돼!"

"내가 그림 그리는 것 말고 할 일이 뭐 있냐? 눈에 보이는 것 다 그려 가지고 카톡으로 보낼게!"

철범이는 처음엔 옛 친구들 모습을 그려서 보내왔지만 차츰 진도의 풍경들을 그려 보내오기 시작했다. 얼마 전에 철범이는 바다가 내려다보이는 산 모습을 보내오고선 전화를 했다. 그림을 설명하기 위해서였다.

"지난 일요일 날 아빠랑 바다 가까이 있는 산에 등산 갔어. 이 그림은 그때 올라간 산이야!"

"산에서 바다도 보았어?"

"그럼, 바다가 산 아래에 보자기처럼 펼쳐져 있어!"

"야 멋있겠다, 너네 집에선 바다가 안 보여?"

"진도, 무지 커. 우리 집에서 바다 가려면 버스 타고 한 시간은 가야 돼! 저번에 등산 갈 때도 아빠랑 버스 타고 간 거야."

"진도는 섬이잖아. 근데 그렇게 커?"

"진도 대교 건널 때만 섬 같지, 막상 진도 땅에 들어오면 섬 같지 않아. 그냥 산 있고 논밭 있는 농촌 마을이다 생각하면 돼."

"우리 제주도로 수학여행 갈 때 진도 지나간대. 그때 너 보려고 했는데?"

"멀어서 못 봐. 너희들이 진도에 내리지 않고선 만날 수 없어."

"그럼 언제 보냐?"

"나중에 방학하면 내가 놀러 갈게!"

나는 철범이와 며칠 전에 나눈 이야기를 되새겼다. 철범이 말이 맞았다. 진도는 무지 컸다. 진도 근처를 지나간다고 해서 진도 사는 친구를 쉽게 볼 수 있는 게 아니었다. 그래도 그때만 해도 들떠 있었다. 말이 안 되는 소리도 즐겁게 씨부렁거릴 수 있었으니….

선실 문도 안 열리고, 방송에선 '가만히 있으라'는 소리가 나왔다. 나는 조금은 두려웠지만 딱히 할 일이 없어 철범이에게 카카오톡으로 문자를 보냈다.

> 독 안에 든 쥐가 된 거 같아. ㅎㅎ. 이번 수학여행 평생 못 잊을 거야!

철범이한테서 바로 답이 왔다.

조금만 더 기다려. 금방 구조된대!
특별한 수학여행이다 생각해!

철범이가 여유 있는 말을 써 보냈지만, 그럴수록 더 조바심이

났다.

빨리 구조 안 되면 어떡하지?

그럴 리가!

문이라도 열려야 갑판으로 올라가서
구조를 기다릴 텐데. 문도 안 열려.

문을 열어 두면 사람이 이리 몰려가고
저리 몰려가 배가 균형을 못 잡을까 봐
안 열리게 했는지 몰라.

그런 것 같기는 해….

너무 불안해하지 말고 구조될 동안 지금
배 안의 풍경이나 찍어 두어. 나중에 나한
테 보내 주면 내가 그림으로 그릴 거야.

알았어….

나는 선실 바닥에 고인 물이랑 굳게 잠긴 선실 문을 휴대전

화기로 찍어 철범이한테 바로 전송했다. 철범이가 다시 카카오톡으로 문자를 보내왔다.

> 바닥에 물이 찬 거야?

> 응, 심각하게 되었어.

조금 지나자 철범이한테서 다시 카카오톡 문자가 왔다. 이번엔 그림이었다. 내가 보낸 사진을 얼른 그림으로 그려서 다시 보낸 것이다. 나는 철범이가 순식간에 그림을 쓱싹 그리는 줄은 알고 있었지만 바로 그려서 보낸 그림을 보자 놀라지 않을 수 없었다.

> 나중에 그린다고 하더니?

> 나중까지 기다릴 것 뭐 있어? 너희들 다 구조될 때까지 어차피 수업도 못 하고 교실에서 텔레비전만 보고 있을 텐데…

나는 할 일이 생겼다. 카메라를 든 텔레비전의 피디처럼 휴대전화기로 선실 내부를 찍기 시작했다. 승균이도 사진을 다시 찍기 시작했다. 승균이는 제법 진지했다. 마치 취재를 하는 기자 같았다.

"무슨 일이 일어났는지 다 찍어 두어야 해!"

"사진으로 찍어서 철범이한테 보내자."

승균이도 철범이를 안다.

"철범이가 그림을 잘 그리지. 우리가 보낸 사진을 만화 그림으로 그리면 그럴싸하겠어! 뭐라나, 만화적 상상력으로 말이야!"

승균이와 나는 휴대전화기로 마구 사진을 찍었다. 승균이가 더 적극적이었다.

"우리가 찍은 사진이 만화 밑밥이 되는 거야! 사진보다는 만화를 사람들이 더 좋아하니까, 철범이는 어쩌면 우리 덕에 만화가로 유명해질지도 몰라!"

승균이는 그렇게 너스레를 떨고 나서 선실 내부의 상황을 휴대전화기에 담았다. 그런 어느 순간 고개를 흔들며 찍기를 멈췄다.

"배터리가 얼마 남지 않아서 동영상은 못 찍겠어."

승균이가 볼멘소리를 했다. 나도 마찬가지였다. 전화기 배터리 용량이 50% 남았다고 뜬 걸 조금 전에 확인했으니까….

"그냥 낱 사진만 찍자. 아무래도 동영상은 무리야!"

"그 정도면 많이 찍은 거야."

승균이와 나는 지금까지 찍은 단편 사진과 동영상 모두 철범이한테 보냈다. 카카오톡으로 사진을 보내면서 승균이가 문자를 몇 자 같이 보냈다.

> 철범아, 나 승균인데 우리가 보낸 사진, 너의 만화적 상상력으로 얼른 그려 가지고 다시 보내 줘!

조금 뒤 철범이한테서 카카오톡이 왔다. 승균이와 내가 휴대 전화기를 선실 내부 여기저기에 들이대고 사진을 찍는 모습을 그린 그림이 먼저 열렸다.

"우리가 마치 위험을 무릅쓰고 취재를 하고 있는 것 같아! 철범이 자식 그림이 우리가 찍은 사진보다 훨씬 더 그럴싸하단 말이야!"

승균이가 철범이가 보낸 그림을 보며 감탄했다. 다음으로 열어 본 사진은 승균이가 찍은 것으로 선실 바닥에 물이 차오르는 모습이었다. 철범이는 그 물이 차오르는 걸 더욱 실감나게 그렸다. 물론 승균이가 바지를 무릎까지 걷어 올린 내 모습을 물 차오른 바닥과 같이 잡아 찍었지만….

"나중에 승균이 너는 전쟁터나 재난 지역 기자 하면 잘하겠다! 이런 사진 아무나 찍는 것 아니야."

"나는 그런 위험한 곳에 가기 싫어. 지금 얼마나 떨리는 줄 알아?"

"나도 떨려. 우리, 구조 안 되면 어떡하지?"

승균이가 떨고 있다고 하니 갑자기 더 두려웠다. 다른 아이들은 아예 아무 말도 하지 않고 멍하니 선실 바닥 물만 내려다보고 있을 뿐이었다.

철범이한테서 다시 카카오톡이 왔다. 바다 물이 한쪽으로 쏠렸다. 커튼도 선실 창문 쪽에 붙어 있지 않고 제 멋대로 흔들거렸다. 겁이 났다.

> 배가 기울고 있대! 빨리 밖으로 나와!

> 그런 것 같아. 근데 나갈 수가 없어. 문이 안 열린다니까!

> 밖에 해양경찰 배 같은 것 안 보여?

> 아무것도 보이지 않아.

> 아이 참!

철범이는 '아이 참!' 하고선 더 이상 문자를 보내지 않았다.

배는 점점 기울어져 갔다. 아이들은 모두들 하얗게 질린 채 아무 말도 않고 벌벌 떨기만 했다. 아이들 몇이 문을 열려고 힘을 모았지만 역시 문이 열리지 않았다.

가방들이 여기저기 마구 굴러다녔다. 선실 밖 복도에서 누군가가 외치는 소리가 들렸다.

"애들아, 헬리콥터랑 해경이 오고 있대. 조금만 더 기다려!"

승균이가 그 말을 받아 아이들에게 전했다.

"지금 우릴 구하려고 헬리콥터랑 해경이 오고 있는 모양이야. 다들 조금만 더 참자."

여기저기서 흐느끼는 소리가 났다.

"이렇게 우리 죽는 거야?"

"이러다가 물 다 차면 바닷물 속으로 가라앉는 거 아냐?"

"나, 살고 싶은데!"

"구하러 온다잖아!"

"문이라도 열려야 나가 있으면서 구해 달라고 하지."

문을 밖에서 뭔가 무거운 게 막고 있는지 문은 아까보다 더 꿈쩍을 하지 않았다. 바닥의 물은 이미 무릎 넘게 차올랐다. 배는 상당히 기울어서 무얼 잡지 않고선 서 있을 수도 없다.

승균이는 혼란스러운 이 상황을 계속 찍더니 나를 돌아보았다.

"내 전화기 배터리가 거의 닳은 것 같아."

나는 내 전화기를 승균이에게 건넸다.

"아까 보니 배터리 50퍼센트 남았더라. 떨어질 때까지 이걸로 찍어."

전화기를 건네받은 승균이는 사진을 찍으면서 마치 기자가 보도하는 것처럼 말을 했다.

"지금 보시다시피, 여기는 난장판입니다. 문이 안 열려 선실 밖으로 나갈 수도 없고, 바닥엔 물이 차오르고 있습니다. 가장 큰 문제는 무얼 붙들지 않으면 서 있는 것도 힘들다는 것입니다. 그건 배가 기울어지고 있다는 증거 아니겠습니까? 빨리 구조가 되었으면 좋겠습니다."

승균이가 방송반 활동을 하고 있는 줄은 알지만, 이런 상황에서도 자신이 할 일이 무엇인지 알고 방송 기자처럼 행동하는 게 믿음직스러워 보였다.

내 전화기 카카오톡이 다시 울렸다. 승균이가 나를 쳐다보았다. 나더러 확인하라고 그러는 신호였다.

"승균이 네가 확인해 봐."

"그럴까. 철범이가 보낸 거야."

왔어, 구조대?

"딱 두 마디인데…."

"아직 안 왔다고 답장해 줘."

승균이가 철범이한테 답장을 썼다.

조금 전에 헬리콥터랑 해경이 온다
고 했는데 아직 안 온 모양이야.

물이 점점 차오르고, 배는 점점 더 기울어져 갔다. 이대로 물
속에 다 잠길지도 모른다는 예감이 들었다. 그렇다면…. 나는
승균이한테 전화기를 달라고 했다. 승균이도 이제 더 이상 사진
찍을 생각을 못하고 멍하니 있었다. 승균이가 전화기를 힘없이
건네주었다.

나는 철범이한테 카카오톡 문자를 찍었다.

철범아, 어쩌면 다시 못 볼지도 몰라.

철범이가 놀라 바로 답 문자를 보내왔다.

그런 소리 말고 조금만 더 견뎌 봐!

이젠 몸 가누기도 힘들어!

물이 이미 가슴께까지 차올랐다. 다들 머리만 물 밖으로 내놓은 채 가라앉지 않으려고 안간힘을 썼다. 나도 발을 더듬어 선실 벽에 움푹 패인 어떤 부분을 딛고 가까스로 버텼다. 철범이에게 문자를 보내기 위해 전화기 자판을 꾹꾹 눌렀다.

안녕, 안녕, 안녕…

침묵침묵

우리 또래가 배를 타고 제주로 수학여행 가다가 배가 뒤집어져 죽었지만 슬퍼하는 것 말고는 도움이 되어 준 게 없어 늘 마음에 걸렸다. 벼르고 벼르다 서울 한복판인 광화문 광장에 있는 세월호 추모 분향소에 다녀와야겠다고 마음먹고 집을 나섰다.

지하철에서 내려 지상으로 올라가자 세월호 추모 분향소 천막이 보이고 그 곁에 유가족들이 단식을 하는 농성장이 있었다. 세월호 유가족 단식 농성장을 쉽게 알아본 건 노란 리본이 천막 처마며 기둥에 많이 매달려 있어서다.

노란 리본을 보며 먹먹한 가슴을 쓸어내리고 있을 때 내 눈에 들어온 것 또 하나는 꼬치에 낀 어묵을 입에 물고 있는 청년이었다. 그 청년은 어묵을 입에 물고 세월호 참사 진상 규명을 요구하며 단식을 하고 있는 사람들 사이를 왔다 갔다 하고 있었다. 나도 모르게 눈살을 찡그렸다. 어린 내가 보기에도 그 청년의 행동이 눈에 거슬렸다. 단식 농성장 주변에 모여 있던 사람들도 눈살을 찌푸렸다. 분향소 곁에 서 있으면서 단식 농성장과 청년을 번갈아 쳐다보던 몇몇이 청년을 두고 한마디씩 했다.

"입에 며칠 동안 물 말곤 먹을 거라곤 대지 않은 사람들 사이를 저이는 왜 먹을 걸 물고서 왔다 갔다 한대?"

"어묵을 문 것 같은데, 개념이 없어도 너무 없네."

"안 보이는 데서 조용히 먹을 일이지. 내놓고 뭐 하는 짓이래? 단식하는 사람들 곁에서…"

"일부러 그러는 것 같은데…"

사람들이 하는 말이 귀에 들렸을 텐데도 그는 아랑곳하지 않고 계속 어묵을 입에 문 채 혀로 입술 밖을 빨기까지 했다.

"아, 맛있다!"

그는 '맛있다'는 소리까지 하며 단식하는 사람들의 약을 올렸다.

"저런, 불한당 같은 녀석!"

"끌어내!"

단식 농성장 주변에 모여 있던 사람 몇이 그 청년에게 달려들었다. 그러자 그가 옆 광장 쪽으로 뛰어갔다. 옆 광장에도 많은 사람들이 모여 있었다. 그들은 삼삼오오 떼를 지어 앉아 있었다. 그들 역시 뭔가를 먹고 있었다.

"넓은 데서 먹으니 더 맛있네!"

"저 사람들 배 속이 지금 요동칠걸! 속으론 자기들도 먹고 싶을 거야."

"배고프면 이리 와 같이 먹자구!"

"세월호 유족충 여러분 시체 팔이 그만하고, 이리 와요!"

그들은 단식을 하고 있는 세월호 유가족 쪽으로 소리를 내지르거나 맛있다는 표정을 과장하여 보여 주었다.

그들이 먹는 것은 피자이거나 치킨이었다. 더러는 햄버거를 손에 쥐고 있기도 했다. 그들 가운데 우두머리인 듯한 이가 두 손을 입에 모아 확성기처럼 한 뒤 큰 소리로 외쳤다.

"여러분들 바쁘실 텐데 여기 와 주셔서 고맙습니다. 저 세월호 사람들은 죽기 위해 음식을 먹지 않습니다. 그러나 우리는 살기 위해 먹습니다. 그냥 우리만 사는 게 아니라 단식을 하는 저들도 살리는 길은 우리가 맛있게 먹는 모습을 보여 주는 것입니다."

"맞는 말씀입니다. 바로 그겁니다! 우리는 저 사람들까지도 살리고자 먹을 뿐입니다!"

"단식 투쟁이 있으면, 폭식 투쟁도 있다는 걸 보여 줍시다!"

그들은 미리 입을 맞춘 듯 몇이 일어나 궤변을 늘어놓았다. 다들 기고만장해 있었다. 자신들의 행동을 합리화하는 데는 선수들이었다. 그때 중년의 남자가 등장했다.

"수고들 많으십니다. 피자 백 판을 돌리겠습니다!"

"와! 고맙습니다! 맛있겠다!"

수고? 남의 아픔에 동참하는 수고도 아니고, 남의 아픔을 놀리는 게 수고라고? 그들은 바닥에 퍼질러 앉아 피자를 마구마구 먹어 대는 수고를 했다. 세월호 단식 농성장을 향해 맛있다는 표정을 과장되게 지으면서 이른바 '폭식 투쟁'을 했다.

폭식 투쟁이라는 말. 누가 지었는지 참 '쩐다'. 먹는 게 투쟁? 그것도 한꺼번에 많이 먹는 게 투쟁이 되는 세상이다. 텔레비전에서 먹는 걸 내보내는 걸 보고 배웠나? 언제부턴지 사람들은 텔레비전에서 내보내는 음식 프로그램을 보면서 깔깔댄다. 먹는 것을 통해서 보는 이나 연기자나 자신의 존재감을 드러내는 모양이다. 그러다 보니 갈수록 그런 프로그램 출연자들의 연기가 시청자들이 생각 못했던 쪽으로 펼쳐진다. 배가 불러도 몇 사람이 먹을 양을 꾸역꾸역 먹음으로써 '대식가'임을 드러내거나, 한입에 들어갈 만한 양이 아닌데도 한입에 쑤셔 넣음으로써 보는 사람을 놀라게 한다. 아무래도 폭식 투쟁을 하는 이들은 텔레비전의 그런 프로그램을 많이 본 모양이다.

피자 100판을 돌린다고 했던 중년의 남자가 폭식 투쟁을 하기 위해 모인 사람들 가운데에서 다시 외쳤다.

"여러분이 애국자입니다. 지금 나라의 중심을 잡아 주는 이가 없습니다. 신문이나 방송은 다 이상한 소리만 해 댑니다. 그 학생들이 세월호를 왜 탔습니까? 수학여행 가려고 탄 것 아니에요? 수학여행 가다 보면 기차고 버스고 배고 간에 사고가 날 수 있습니다. 그걸 왜 나라에서 책임져야 합니까? 배가 바다에 가라앉은 것은 그냥 교통사고일 뿐입니다. 그런데 유가족이라는 사람들이 저렇게 광화문 광장을 차지하고 앉아 대통령 보고 책임지라고 합니다? 이게 맞다고 생각하십니까?"

그러자 여기저기서 "옳소!" 하는 대꾸가 터졌다.

아예 한 청년은 일어나 자신의 의견을 큰 소리로 내뱉었다.

"대통령이 무슨 잘못입니까? 대통령은 여러 차례 약속했지요! 철저하게 진상을 규명하고 책임자를 처벌하겠다고요."

아가씨 하나가 자리에서 일어나 자신의 의견을 밝혔다.

"자식 죽은 거, 온 국민이 충분히 애도해 줬잖아요. 그러면 됐지. 대통령 보고 진상을 밝히라고? 참 뻔뻔하기도 합니다. 대통령이 얼마나 바쁜 줄 모르는 모양이죠."

이번에 자리에서 일어난 이는 머리에 등산모를 쓴 아저씨였다.

"저 유가족들은 세금 도둑들입니다. 보상금을 한 푼이라도 더 챙기려고 이제는 단식 투쟁까지 합니다. 이러니 우리가 안 나설 수가 없었지요."

나는 어처구니없었다. 내 알기로 대통령은 서너 번이나 진상 규명을 약속하고 책임자 처벌을 하겠다고 했지만, 진상 규명은 커녕 유가족을 만나 주지도 않았다. 오죽하면 자식 죽은 부모들이 단식 투쟁에까지 나섰을까.

한쪽에서 '우우' 하는 소리가 일며 광장 한쪽이 소란스러워졌다. 사람들이 그쪽으로 몰려갔다. 나도 그쪽으로 가 보았다.

폭식 투쟁을 하기 위해 모인 사람들이 단식장을 향해 먹을 것을 손에 들고 한꺼번에 몰려가자 경찰들이 한 줄로 달려와 두 편의 가운데에 일렬로 서며 가로막았다. 마치 양쪽을 둘로 나눈 듯한 모양이 되었다.

"당신들이 뭔데 우리를 막는 거요?"

폭식 투쟁하는 사람들이 경찰을 밀치며 거칠게 항의했다. 그러나 경찰들은 아무 말도 하지 않았다.

"광화문은 시민들 것입니다. 저 사람들이 뭐라고 여기를 점령하고 단식 투쟁을 합니까? 저 사람들 방 빼게 우리가 몰아내려고 그러는데 경찰이 왜 막아섭니까?"

폭식 투쟁하는 이들이 뭐라고 하든지 말든지 경찰은 아무런 대꾸를 하지 않고 모자를 푹 눌러 쓴 채 꼿꼿이 서 있기만 했다.

점점 폭식 투쟁하는 사람들이 늘어났다. 처음엔 삼삼오오로 떼를 지어 광장 여기저기에 앉아 피자며 치킨, 햄버거 등을 먹어 대기만 했다. 그랬는데 주동자인 듯한 이들이 앞에 나서서 한마디씩 하자 그들을 중심으로 금세 몇 백 명이 둘러쌌다. 그러자 기자들도 몰려와 취재 경쟁을 벌였다. 기자들은 어쩌면 광장 여기저기에 숨어 있다가 취재감이 생기자 나타났는지 모른다. 마치 사냥감이 나타나자 숲속 여기저기에 숨어 있던 사냥꾼이 몰려오는 꼴이었다.

방송용 카메라를 어깨에 둘러멘 기자 둘이 일행인 듯한 청년과 아가씨에게 다가갔다. 둘은 연인 사이 같아 보였는데, 치킨을 뜯고 있는 중이었다.

기자가 먼저 물었다.

"맛있습니까?"

청년이 혀로 입술을 핥으며 대답했다.

"예, 꿀맛입니다!"

기자가 고개를 갸우뚱하며 다시 물었다.

"이런 데서 먹기는 좀 그렇지 않아요?"

청년이 의아한 표정을 지었다.

"여기가 어때서요?"

기자가 단식 농성장을 쳐다보았다.

"저분들은 먹을 것을 마다하고 있어서…."

"그러니까 더 먹어야죠."

"예?"

"안 먹으면 죽어요. 사실은 저 사람들을 살리기 위해서 우리
가 시범을 보여 주고 있어요. 지금."

그러면서 그 청년은 곁의 아가씨를 쳐다보았다. 자신의 말이
맞지 않느냐는 표정이었다. 아가씨가 고개를 끄덕이며 말을 이
어 갔다.

"나도 지금 다이어트 생각하면 저는 마구마구 먹으면 안 돼요. 하지만 내가 맛있게 먹어 주어야 저 사람들도 먹고 싶은 마음이 들어 살 수 있어요."

기자가 카메라를 내려놓으며 더 이상 촬영을 하지 않고 취재를 마무리 지었다. 그리고 재빨리 광장을 벗어났다.

청년과 아가씨는 이번엔 피자를 게걸스럽게 먹었다. 일부러 더 과장스런 몸짓으로 맛있다는 표시를 했다. 폭식 투쟁을 하는 사람들이 우르르 몰려왔다. 그들은 청년과 아가씨를 둘러싸고 손가락을 오른손 엄지손가락과 집게손가락으로는 동그라미를 만들고, 가운뎃손가락을 편 채 약손가락을 접어 '일베'의 'ㅇ'과 'ㅂ' 표시를 했다. 그들 가운데 한 사람이 청년과 아가씨를 부러운 듯이 바라보았다. 일베 사람들은 진즉부터 대한민국 국민 가운데 특히 약자를 대상으로 혐오스런 말을 하거나 부아를 치밀게 하는 말을 해 왔다.

"이제 텔레비전 타는 거여?"

청년이 고개를 끄덕였다.

"저녁 뉴스에 나오는 모양이더라구요."

부럽다는 듯이 그가 호들갑을 떨었다.

"야, 출세했다!"

뒤에 있던 청년 하나가 아쉬운 듯이 말했다.

"손가락으로 일베 회원 표시도 하지 그랬어요?"

"굳이 표시하지 않아도 우리가 폭식 투쟁하는 것 자체가 자랑스런 일베 회원이라는 걸 나타내는데요, 뭐…."

"빨갱이들이 설치는 세상에 우리 일베만큼 애국심 가진 조직이 없지. 여기 나와서 세월호 빨갱이들 단식 투쟁하는 것 막는 것 자체가 애국이지 애국!"

세월호 유가족이 빨갱이가 되어 있었다. 전에도 몇 번 일베라는 조직에 대해 듣긴 했지만 그들을 눈앞에서 보기는 처음이었다. 그들은 자신들과 생각이 조금만 달라도 빨갱이 딱지를 붙인다고 들었다. 역사 시간이었던가? 선생님이 혀를 끌끌 차며 말씀한 게 기억난다. 대한민국에서 빨갱이라는 말은 상대방에게 더 이상 할 말이 없거나, 밀어붙이고 싶을 때 막무가내로 '너 빨갱이지?' 하고 내뱉었단다.

아직 따가움이 내리쬐는 늦여름이라고 해야 할 날씨인데 으슬으슬 추웠다. 내가 감당하기 어려운 꼴들을 너무 많이 보아서 몸이 적응을 못한 모양이다.

전에 인터넷 어떤 기사에서 본 기억이 난다. 내가 태어나기도 전인 1980년 광주에서 공수부대 군인들이 시민들을 죽인 일이 있었다. 그때 공수부대의 총탄을 맞고 죽은 중학생의 어머니가 아들의 관 앞에서 통곡을 하자, 일베의 한 회원은 '아이고 우리 아들 왔다. 착불이요.'라고 조롱했단다. 그런 사람들이 이제는 세월호 유가족을 놀리고 있다.

나는 세월호 추모 분향소가 있는 천막에 가서 고개를 숙였다. 학생들의 사진을 보니 기가 막혔다. 나와 달리 저들은 영정 사진으로 왜 저기에 놓여 있어야 하는가? 도무지 이해가 안 되었다. 저 애들의 주검도 쉬이 돌아오지 않았다. 아직 주검을 못 찾은 애도 있다.

아이들이 살아오는 희망을 버리고, 주검이나마 빨리 돌아왔으면 하던 부모들. 일베 사람들은 차가운 바다에서 건져진 학생들의 주검을 '어묵'이라 불렀다. 아, 그렇다면 아까 처음에 본, 입에 어묵을 물고 단식 농성장을 왔다 갔다 한 청년은 남의 아픔을 공감하기는커녕 남의 가슴에 못질을 하기 위해 '처묵처묵'하고 있었던 게 맞다.

2014년 4월 16일.

잊으려야 잊을 수 없는 날이 되고 말았다. 7,000톤 가까운 커다란 여객선 '세월호'가 인천을 떠나 제주로 가다가 진도 앞바다에서 침몰했다. 그 배엔 제주로 수학여행 가는 안산의 단원고등학교 학생들이 타고 있었다. 일반 승객도 타고 있었지만 단원고 학생들이 주 승객이었다.

침몰 원인은 하도 여러 가지여서 하나로 규정할 수 없지만, 종합해서 말하자면 대한민국 사회의 '어둠의 자식들'이 세월호를 침몰시켰다고 할 수 있다.

어둠의 자식들…. 그들은 국민들의 안전보다는 오로지 자기들 자리 안전과 눈앞의 돈벌이에만 눈이 벌겠다. 어쩌면 그들은 세월호를 희생양으로 삼았는지 모른다. 하지만 그들이 그토록

왜곡하려던 의도와는 달리 세월호 침몰 사건 이후 대한민국은 세월호 사건 이전과 이후로 갈렸다.

세월호 유가족에게 상상 이상으로 야박하게 굴며 의혹을 키웠던 박근혜 전 대통령. 그는 지금 어디에 있는가? 그리고 비정상적인 언행을 일삼던 대통령을 받들며 진실을 감추려고 온갖 거짓말을 해 가며 억지 애를 쓰던 벼슬아치들과 정상배 내지는 모리배들. 모두들 대한민국의 국민들이 아니었다. 아니, 사람이 아니었다!

세월호 침몰 사건이 일어난 뒤 국민들이 가장 분개한 것은 대통령에서부터 관련 부처 벼슬아치, 해양경찰에 이르기까지 누구 하나 구조는커녕 되레 구조를 방해했다는 것이었다. 그들은 대한민국이 존재하는 한 두고두고 죄인으로 남으리라!

배를 운행하는 사람들은 선장을 비롯 책임 있는 승무원들 모두 세월호에서 탈출하면서 승객들에겐 '가만 있으라'는 방송을 천연덕스럽게 했다. 마치 1950년 6.25 한국전쟁 때 서울을 빠져나가 대전으로 도망친 당시 대통령 이승만이 서울에 있는 것처럼 방송하면서 한강다리까지 폭파시켜 서울 사람들은 피난도 가지 못하게 해 버린 것처럼….

내 개인적으론 진도가 고향이기도 하지만, 돌아가신 아버지께서 세월호가 침몰한 해역에서 가까운 동거차도와 관매도 등지의 학교에서 수년간 교원 생활을 하신 적도 있어 특히 더 남다른 관심을 가질 수밖에 없다. 그런 인연이 없더라도 사람이라면, 세월호와 관련하여선 누구나 분개할 일투성이이다.

여기에 수록한 소설들은 오로지 세월호 침몰 사건과 관련된

것들이다. 세월호 침몰 사건은 내 젊은 날 겪은 '광주 5.18 민중 항쟁'과 더불어 죽을 때까지 못 잊을 일이다.

문학은 거창하거나 실용적이지 않다. 하지만 문학은 말해야 하는 것을 말하는 것이기 때문에 인간의 삶에 꼭 필요하다. 인간의 삶은 거창하거나 실용적인 것만으로 채워지는 게 아니다. 그럴 수도 없거니와 그럴 필요도 없다.

세월호 침몰 사건이 일어났을 때 글 쓰는 사람으로서 꼭 해야 할 말이 무엇인지 생각했다. 여기 소설들은 그런 생각의 소산들이다. 세월호와 관련하여 내가 해야 할 말이었는지도 모른다….

2019년 봄 無山書齋에서

박상률